Coleção
Dragão Mecânico

RIO 60 GRAUS

FÁBIO FERNANDES

Ilustrações

ERICKSAMA

1ª edição

Editora Draco

São Paulo
2022

Fábio Fernandes

Professor nos cursos de Jornalismo e Jogos Digitais da PUC-SP e pesquisador de narrativas utópicas, traduziu dezenas de livros, entre os quais *Laranja Mecânica* e *Neuromancer*. Foi um dos primeiros escritores brasileiros a abraçar o gênero cyberpunk. Publicou os romances *Os Dias da Peste*, *BACK IN THE USSR* (finalista do Prêmio Jabuti 2020 na categoria Literatura de Entretenimento), *Love Will Tear Us Apart* e as coletâneas de contos *Interface com o Vampiro* e *Love: An Archaeology*.

Twitter: @fabiofernandes Site: fabiofernandeswriter.com

Publisher: Erick Santos Cardoso
Edição: Erick Santos Cardoso e Raphael Fernandes
Revisão: Ana Lúcia Merege
Capa, arte e ilustrações: Ericksama

Dados Internacionais de Catalogação na Publicação (CIP)
Ana Lúcia Merege 4667/CRB7

F 363

Fernandes, Fábio
Rio 60 graus / Fábio Fernandes; desenhos de Ericksama. – São Paulo: Draco, 2022. – (Dragão Mecânico; 4)

ISBN 978-65-5753-031-3

1. Ficção brasileira I. Título II. Série

CDD-869.3

Índices para catálogo sistemático:
1. Ficção : Literatura brasileira 869.3

1ª edição, 2022

Editora Draco
R. César Beccaria, 27 – casa 1
Jd. da Glória – São Paulo – SP
CEP 01547-060
editoradraco@gmail.com
www.editoradraco.com
www.facebook.com/editoradraco
Twitter, TikTok e Instagram: @editoradraco

Para William Gibson e Samuel Delany

RIO 60 GRAUS

One, two, three, four:

Parte um
O Fantasma da Liberdade

1

O céu tinha a cor da tela de abertura de um filme de ficção científica antigo. Os lasers verde-garrafa que cruzavam os céus de SubCopacabana enchiam as nuvens de um tom matricial, mas só os mais velhos lembravam disso. Na verdade, quase todo mundo acha que aquele tom ali é verde da cor do mar, embora os mais velhos, sempre os mais velhos, lembrem de uma música que os avós costumavam cantar dizendo que o certo é azul da cor do mar, mas o que é que os mais velhos sabem?

Os velhos sabem que macaco velho não mete a mão em cumbuca.

Troque *macaco* por memory hacker e cumbuca por realidade virtual. É a mesma coisa.

Mas tudo isso aconteceria depois.

Antes: vamos visitar o Fantasma da Liberdade, uma alucinação coletiva porém muito concreta. Fantasma porque era capaz de entrar e sair dos lugares sem ser percebido. Liberdade porque era o nome do bairro onde a lenda se originou.

O bairro do centro de São Paulo abriga a maior colônia japonesa do mundo fora do Japão. A colonização nipônica naquela região começou em 1912, quatro anos depois que os imigrantes japoneses desembarcaram do navio Kasato Maru e se espalharam pelo estado. Os que não foram plantar tomates no interior foram tentar a sorte grande na cidade que já era metrópole. E chegaram ao bairro da Liberdade.

As pessoas que não se interessam em consultar a Colmeia® não conhecem a origem do nome desse bairro. Algumas costumam imaginar que o nome Liberdade se refira a algo que aconteceu no tempo de alguma guerra. (Qual guerra? Não importa, ninguém lembra.) Liberdade de quem, aliás? Dos japoneses? E liberdade em relação a quê?

Se você consulta a Colmeia®, porém, vai obter o seguinte resultado:

> ***LIBERDADE (Bairro).*** *No século dezenove o lugar era conhecido como Bairro da Pólvora, em referência à Casa da Pólvora, construída em 1754 no largo de Pólvora. Era uma região periférica da cidade, e ficava no caminho entre o centro de São Paulo e o então município de Santo Amaro. No bairro se localizava o largo da Forca, assim nomeado em função da presença de uma forca que era utilizada para a execução da pena de morte. A forca havia sido transferida da rua Tabatinguera em 1604 a pedido dos religiosos do Convento do Carmo e funcionou até 1870. A partir de então, o largo passou a se chamar Largo da Liberdade, e o nome se estendeu a todo o bairro. Existem duas versões para a adoção do nome "Liberdade": uma diz que é uma referência a um levante de soldados que reivindicavam o aumento de seus salários à Coroa Portuguesa em 1821, e que teria resultado no enforcamento dos soldados Chaguinhas e Cotindiba. O público que acompanhava a execução, ao ver que as cordas que prendiam Chaguinhas arrebentaram várias vezes, teria começado a gritar "liberdade, liberdade". Que não foi concedida.*

Uma segunda versão diz que o nome Liberdade é uma referência à abolição da escravidão. E uma terceira afirma que a forca era considerada na verdade a única liberdade verdadeira que cabia aos escravos.

O Fantasma acredita nessa teoria.

Vamos entrar num bar da Liberdade. Num bar típico da região, daqueles que não mudaram praticamente nada em cem anos. No térreo, um restaurante onde se come muito bem, de sushi e sashimi até yakissoba, udon e teishoku. No andar de cima, um karaokê, com músicas de todas as décadas desde que o ser humano inventou a gravação e a transmissão artificial de sons. No momento, dois executivos na casa dos sessenta cantam juntos, e bem, uma canção romântica da última novela gayzista comunista histórica da Coreia Unificada, para o delírio da plateia.

No subsolo, um bar e um puteiro. Ambos eram legais até a última pandemia, quando passaram a atuar na clandestinidade.

Se você tivesse um olho atento, certamente imaginaria que ali era um lugar para encontrar o Fantasma. Sentado sozinho numa mesa pouco iluminada bem ao fundo, fumando um cigarro (outra coisa que só se pode fazer na clandestinidade atualmente), tomando uma Kirin draft ou uma Tsingtao sem dar a mínima pelota para as putas, uma das quais andou enrabichada por ele, que por sua vez é imune aos pedidos dela para que ele seja seu macho e possivelmente seu cafetão. O Fantasma, naturalmente, continuaria não dando bola e ainda daria um toque na cafetina para deixar de ser sacana com as meninas e parar de dar SexCumLove para elas, que esse negócio de se apaixonar por cliente normalmente já dá um problema fodido, imagine então com o auxílio luxuoso dessas novas *smart drugs*. Se tivesse um olho atento, você certamente imaginaria ver o Fantasma recebendo algum cliente, algum ronin da Atarashii Yakuza ou dos Dez Mil Maníacos, para resolver algum problema envolvendo recuperação de dados. Porque todo mundo sabe que o Fantasma é o maior e melhor hacker que existe quando o assunto é memória.

Se você tivesse um olho atento, certamente veria o Fantasma ali, não?

Não.

O Fantasma não tem esse apelido à toa. Ninguém o acha, a não ser que ele queira.

E ele não quer.

Porque agora o Fantasma está morto.

◆

A Liberdade fica na região do centro, mas o ponto focal da megalópole, onde tudo e mais um pouco acontece, é a Praça Roosevelt.

Ainda segundo a Colmeia®:

> ***PRAÇA FRANKLIN ROOSEVELT (Logradouro público).*** *A área onde hoje fica a praça pertencia a Dona Veridiana Prado no século dezenove. Na época, a região era considerada um dos subúrbios de São Paulo. Quando Dona Veridiana começou a construir seu palacete em Higienópolis, no final dos anos 1880, a chácara começou a ser loteada, dando origem a ruas e, mais tarde, àquela que ficou conhecida como Praça da Consolação. No início do século XX ali funcionava o Velódromo de São Paulo, primeiro estádio de futebol do Brasil, desapropriado em 1915 para dar lugar à Rua Nestor Pestana. Quando começou a ser construída a Igreja Nossa Senhora*

da Consolação, de frente para a Rua da Consolação, em 1910, o terreno ao lado da nova igreja passou a ser usado como estacionamento e espaço para feiras livres. Criada originalmente sem planejamento, a praça foi asfaltada na década de 1950 sem o devido nivelamento de terreno, o que passou a causar deslizamentos que acabavam com parte do asfalto. Foi a partir dessa urbanização que nos registros oficiais da cidade passou a constar o nome do logradouro como Praça Roosevelt. Ao longo dos anos 1960 a região viveu uma chamada fase de ouro, com cinemas de arte e boates frequentadas por artistas. No começo do século XXI a chegada de grupos teatrais, como os Parlapatões e os Satyros, deu novos ares culturais à praça. Foi ali também, até a Primeira Pandemia, o ponto final de concentração da Parada do orgulho LGBT de São Paulo.

A Praça resistiu a tudo. Só não resistiu à passagem do tempo. Hoje, depois de décadas de luta e outro tanto de gentrificação, ela virou um espaço domado, onde até a revolução foi comodificada. Se existe uma âncora na nave louca que é o centro de São Paulo, é a Praça Roosevelt.

Um olho atento nunca veria o Fantasma lá.

Mas ele também não está lá.

Quem está lá é Raitek dos Santos.

◆

Raitek tem vinte e sete anos. Aos vinte e três, ele era considerado um dos melhores Memoristas do mundo. Estudou com Sheryl Lock em Londres, McCoy Culkin na Escócia e Bobby McGee em Seattle, onde aprendeu as técnicas mais avançadas de *data retrieval* de palácios da memória. Vivia no 330 por conta da própria juventude e adrenalina, nem precisava de MentEx para ampliar sua capacidade de memória, porque além de tudo Raitek tinha memória eidética. Ele jamais se esquecia de nada. Uns diziam (parte da lenda, claro) que ele conseguia se lembrar até mesmo do próprio nascimento. Outro se lembrou de ter lido uma entrevista em que ele declarava que na verdade consegue se recordar de tudo a partir dos dois anos e meio de idade (o que é mais provável em termos de plasticidade do cérebro). E um terceiro disse que o segundo mentia, porque Raitek jamais dera uma entrevista, era um verdadeiro fantasma, do tipo fui nem me viu. Lendas se constroem assim.

E um dia, claro (porque isso sempre acontece em algum momento de uma trajetória muito bem-sucedida e razoavelmente meteórica), Raitek cometeu um erro. Aceitou um contrato draconiano de uma célula ronin da Atarashii Yakuza, a Nova Yakuza que surgiu das cinzas da antiga após a Guerra dos Assassinos de Hokkaido na virada do século, para penetrar no Palácio da Memória de uma figura importante da necropolítica – e pela primeira vez na sua curta e perfeita carreira, ele fracassou.

O castigo foi imediato: Raitek teve o cérebro danificado por uma aplicação de ômega blockers. Isso embotou seus sentidos e provocou amnésia parcial. Ele agora tem uma memória relativamente normal, e sua vida é letárgica. Perdeu a razão de viver e só consegue se lembrar dos erros do passado.

A vida de Raitek dos Santos é uma vida absolutamente normal.

E ele não aguenta mais.

◆

A Praça Roosevelt é o centro nervoso da Comuna Livre de São Paulo.

A Comuna Livre é uma zona autônoma, autogerida por comitês que são escolhidos por voto anualmente. Nasceu dos primeiros comitês da cidade, criados para administrar espaços como o Parque Augusta e o Parque do Minhocão, ainda no século vinte e um. Ela foi pensada inicialmente como uma maneira de retomar o espaço das mãos da polícia (que tinha duas bases dentro da Praça, com o propósito de evitar roubos mas que na verdade só fazia prender pretos e pobres) e dar para a cidade algo mais que uma praça com poucas árvores e muito concreto.

A Comuna Livre foi criada nos moldes de Fristaden Christiania, uma cidade livre dentro de Copenhagen. Segundo a Colmeia®:

> ***CHRISTIANIA (cidade livre)*** *é uma área com cerca de 850 habitantes, cobrindo uma área de 34 hectares, no bairro de Christianshavn, na capital dinamarquesa Copenhagen. As autoridades públicas consideram Christiania como uma grande comuna, uma área de um status único na medida em que é regulada por uma lei especial, a Lei de Christiania, de 1989, que transfere partes da supervisão da área do município para o estado. Christiania tem sido uma fonte de controvérsia desde sua criação, numa área militar em 1971. Nessa época, muitas pessoas vindas de diversas grandes cidades dinamarquesas se sentiam traídas pelo governo, acreditando haver certo descaso quanto ao sistema habitacional por parte dos políticos e seus representantes. Os primeiros ocupantes da área que mais tarde viria a ser nomeada de Christiania tinham como ideal comum a rejeição a certos valores morais e convenções sociais e, principalmente, aos ideais capitalistas que assolaram a Europa no contexto pós-Segunda Guerra Mundial. Os habitantes de Christiania também queriam um espaço verde e aberto, para*

que pudessem criar seus filhos longe do crescente tumulto de Copenhagen. O espírito da comunidade de Christiania foi logo permeado por valores anarquistas e do movimento hippie, o que provocou um certo incômodo por grande parte dos dinamarqueses, ainda mais quando o comércio de cannabis foi legalizado dentro de Christiania, em contraste com o resto da capital. Esse comércio foi proibido pelas autoridades em 2004. Desde então, as medidas para normalizar o estatuto jurídico da comunidade levaram a conflitos, que só foram inteiramente resolvidos na Primavera Dinamarquesa de 2099.

Na Comuna Livre, o comércio de cannabis é legal, mas com tanta *smart drug* na praça (literal e metaforicamente), quem é que quer maconha? O que mais cruza a praça a qualquer hora do dia ou da noite é droneboy e dronegirl entregando Discretas, caixinhas com um sortimento de drogas customizadas para o freguês com discernimento, e que se confundem com os deliveries de comida étnica de todas as partes. Afinal, São Paulo é a maior cidade do planeta. Nova York e Tóquio, que estiveram na frente durante mais de um século, perderam os postos para as águas nos dois Grandes Pulsos.

Raitek mora num dos poucos prédios da Praça Roosevelt. É uma quitinete onde cabem uma cama, uma mesinha com uma única cadeira, um armário embutido, uma pia com um fogareiro de duas bocas, um banheiro apertado com ducha e privada. É o espaço que lhe cabe, e ele não reclama.

Levanta cedo. Sempre levantou cedo. Dorme pouco e mal. Sonha demais, o que é um problema para quem nunca esquece. Depois dos ômega blockers isso mudou: ele agora não consegue se lembrar de nada do que sonha. E é outro inferno, apenas o sabor é diferente.

Desce para a praça. A feira de domingo acabou de ser montada. É um espaço democrático, onde qualquer pessoa pode entrar e trocar o que quiser pelo que desejar. Somente duas coisas ali são proibidas: dinheiro e polícia. (Como os moradores compram drogas e comida sem dinheiro físico ou eletrônico é um segredo só deles.) Quanto ao resto, tem de tudo ali, de comida e roupa até equipamentos eletrônicos usados. Mas nada que interesse a ele.

Pois Raitek virou um homem analógico.

Não que ele fosse extremamente ligado aos eletrônicos ou biotecs, mas também não deixava de usar o que fosse necessário para seu trabalho. Alguns de seus professores usavam MentEx, mas ele nunca quis. Experimentou uma vez, numa visita guiada por Culkin; foram dois dias de enjoo, enxaqueca e fotofobia. Lembrava sempre das palavras de Sheryl Lock: *Trust the gray matter. Confie na matéria cinzenta.* O cérebro era a ferramenta mais poderosa. Todo o resto era apenas complemento.

Ele usava um kit simples: um óculos de Realidade Aumentada modelo Cyclops com acesso à Colmeia® era tudo de que precisava. Com ele, Raitek mergulhava no espaço cibernético das inteligências artificiais e orquestrava suas intrusões. Era uma atividade de alta octanagem, intensa e cansativa: ele costumava perder muitas calorias com o esforço, mesmo sem se mexer no mundo de carne. Comia muito para repor as energias. Agora ele não faz mais esse esforço todo, mas continua comendo. É o prazer que lhe resta.

Vai até a barraca de café e pede dois cornetos com recheio de pistache e um balde de café. A mocinha siciliana que trabalha ali com sua mãe (ambas refugiadas da crise climática que acabou com a cidade de Agrigento, entre muitas outras na bota italiana e suas ilhas circundantes) o atende com um sorriso triste nos lábios. Raitek só sabe que é um sorriso triste porque a conheceu antes dos ômega blockers e conseguia ler as microexpressões faciais dela. Agora ele mal consegue perceber seu sorriso.

Café e pratinho na mão, ele olha ao redor. O lugar está quase vazio; além dele, só há outra mesa ocupada, por duas pessoas muito brancas, o que é uma raridade ali. Não aparecem muitos gringos na Praça ultimamente; eles preferem os templos de consumo do Megamall Paulista e da Arcologia do Morumbi.

Raitek come devagar. Não tem nenhuma pressa, porque ele não tem o que fazer. Não tem trabalho, e o pouco dinheiro que havia economizado não vai durar mais uma semana. Mas não sabe o que fazer. Ele se sente cansado e com a mente embotada. Mal consegue se lembrar do que fez na véspera.

Raitek não tem medo de morrer. O que o apavora é perder a memória.

Sua avó morreu com Alzheimer. A cura só chegou um ano mais tarde. Ele sabe que se fosse uma condição normal do cérebro, poderia resolver tudo com um tratamento. Mas não no seu caso: até é possível corrigir parte do estrago que os ômega blockers fizeram no seu cérebro, mas seria preciso muito dinheiro e uma consulta com os dark doctors da Tailândia. Ele mal consegue pensar no que vai comer no almoço; não tem a menor condição de processar os dados necessários para planejar uma viagem para fora do país. E muito menos pensar em como vai ganhar o dinheiro necessário para isso.

Em sua arrogância, Raitek havia abandonado uma sociedade

razoavelmente lucrativa de consultoria. Ele não tinha grana para começar, então procurou um empresário bem-sucedido da área que já conhecia sua fama dos torneios e de um ou outro caso que ele ajudou a polícia do Rio de Janeiro a resolver. Então o empresário disse: você entra com o cérebro e eu com o capital.

E deu certo. Por três anos eles ganharam muito dinheiro.

Mas Raitek achava pouco.

Não a grana; essa dava e sobrava para suas necessidades e para manter o apartamento de quatro quartos que ele tinha no alto do edifício COPAN. O que Raitek achava pouco eram os desafios. Questões que uma simples consultoria resolvia.

E ele pediu para sair.

– Você é louco? – seu sócio perguntou. – Esta empresa depende de você. Se você sair, acabou.

– Existem outros – Raitek respondeu. – Posso te dar uma lista se quiser.

– Não seja babaca. Você é o melhor e sabe disso.

– Eu sei. Por isso mesmo estou saindo. Isto aqui é pouco.

Uma semana depois, Raitek foi processado. Seu advogado lhe disse que era até pouco o que seu ex-sócio pedia; ele teria de vender o apartamento e se mudar para um lugar mais modesto, mas ainda ia sobrar algum dinheiro, o suficiente para que ele pudesse viver um ou dois anos sem precisar trabalhar – talvez três, se apertasse o cinto.

Não apertou. Ele voltou a trabalhar como consultor independente, mas o mercado estava muito domado. As transações mais desafiadoras eram as ilegais.

E foi assim que Raitek caiu.

Mas isso passou. Tudo passa.

Depois de algum tempo – Raitek não sabe quanto, perdeu totalmente a noção do tempo, algo que antes para ele era impossível perder – ele decide se levantar e sair. O casal de gringos já foi embora faz tempo, e outras pessoas, moradores da Praça com seus cachorros e crianças, começam a chegar. Ele sai para uma caminhada pela cidade.

Ele vai até o Vale do Anhangabaú e sobe a Ladeira da Memória. Não é uma subida muito íngreme, mas também não é fácil para Raitek. Vai andando bem devagar, contando os passos, e pensa na ironia de andar por um lugar cujo nome é algo que ele agora tem tão pouco.

Uma das piores coisas para Raitek é tentar se lembrar do passado e não conseguir.

Não é que ele sofra de amnésia, pelo menos não das tradicionais, que existiam antes dos ômega blockers. De fato, ele apresenta sintomas de amnésia anterógrada (que, segundo a Colmeia®, é *a perda de memória para eventos que ocorrem posteriormente ao acontecimento da doença, ou seja, é a deficiência em formar novas memórias, como ocorre na doença de Alzheimer*) e também de amnésia retrógrada (Colmeia®: *onde ocorre o inverso da anterógrada, porque a pessoa consegue se lembrar de eventos posteriores ao trauma, mas não consegue se lembrar de eventos anteriores à doença*).

Uma das funções dos ômega blockers é bloquear a produção de Vitamina B1, ou Tiamina, no cérebro. O resultado é algo semelhante à Síndrome de Korsakoff, uma encefalopatia muito comum em casos graves de alcoolismo (o que definitivamente não é o caso de Raitek, que raramente bebe) com requintes de amnésia dissociativa. (Colmeia®: *As perdas de memória dissociativas ocorrem devido a alto estresse ou um trauma psicológico. Quando, por exemplo, uma pessoa sobrevive a um acidente de avião, sua memória no acidente remete-se apenas a instantes antes do pânico generalizado ao qual esta foi acometida, tendo o estresse gerado um esquecimento dos fatos.*) Nesses casos, digamos, espontâneos de amnésia, as memórias podem ficar salvas no inconsciente, e sessões de terapia ou hipnose podem trazê-las à tona novamente – mas só se o motivo for puramente psicológico. Os ômega blockers efetivamente bloqueiam as memórias, queimando as configurações neuronais e impedindo a alimentação do cérebro por tiamina.

Raitek ficou de cama por três dias, agonizando, com a mais pura certeza de que sentia o cérebro queimar. Pensou que fosse morrer, mas não teve coragem de ir a um pronto-socorro. Quando finalmente se sentiu bem o bastante para sair da cama, sentiu uma coisa estranha, mas não conseguiu precisar o que era.

Somente quando pegou o celular é que percebeu o que havia acontecido.

Raitek não sabia mais como usar um celular.

Não entendia absolutamente nada. Sabia o que era aquele dispositivo eletrônico, mas ele olhava o objeto técnico na palma de sua mão e não conseguia traduzi-lo em palavras, muito menos em ações. Era como se tivesse uma nuvem diante dos olhos.

Ao longo dos dias seguintes, percebeu que não conseguia mais utilizar nenhum dispositivo eletrônico em geral. Nem o celular, nem acessar a internet, nem digitar a senha do banco no caixa eletrônico (mas o engraçado é que ele lembrava perfeitamente o número da senha, só não sabia como digitar os números no teclado).

Por isso Raitek hoje é um homem analógico.

◆

Raitek para num sebo. A sorte é que ele sempre gostou de ler, e nunca confiou somente em leitores digitais. Porque é só com o papel que ele pode contar agora.

Passa um tempo mais ao fundo, folheando pockets antigos de ficção científica. Antes ele costumava se perder nesses lugares, seus antigos templos da memória, decorando os corredores, as salas, criando seus mapas mentais como forma de exercitar a mente. Isso ele ainda consegue fazer, mesmo que com dificuldade.

Mas agora não é isso o que ele está fazendo. Raitek está de olho na moça muito branca, de cabelos muito rentes igualmente brancos, que ele achou muito parecida com uma cantora do século retrasado. Os lábios grossos, com um luxuriante batom roxo, eram praticamente tudo o que separava aquela mulher de Annie Lennox.

E ele acha muito estranho que ela esteja ali. Sua memória praticamente acabou para tudo o que fosse eletrônico e algumas coisas no entorno dessa expertise, mas ele consegue se lembrar bem de uma pessoa que viu na barraca de café da Praça não faz quarenta minutos. E que em momento nenhum olhou para ele – justamente como se quisesse dar a entender que não o estava vigiando.

Raitek, claro, não acredita nisso.

Pensa que ela talvez seja uma samurai de rua, algo que ele achou que tinha acabado na Guerra dos Assassinos, mas no fundo a Yakuza era a mesma, tinha apenas mudado de nome para se adequar aos novos tempos.

Ele precisa sair dali.

Sai sem problema – mas sabia que ela o deixaria fazer isso. Samurais de rua – os bons, e se ela for da Atarashii Yakuza, ela era das melhores – fazem tudo nas sombras. Naquela tarde de domingo do comecinho do verão no Hemisfério Sul, não há muitas sombras ali. Mas, em compensação, as ruas estão praticamente desertas, e ninguém iria se meter se ela subitamente lhe desse um golpe certeiro de shuriken no pescoço ou injetasse uma microtoxina fatal no seu braço ao passar por ele apressadamente. Seria rápido demais para alguém conseguir interferir – e os moradores do centro de São Paulo não interferem.

Ele volta para casa apressado, coração saindo pela boca, pensando que era uma ironia, e das mais medíocres, ele acabar assim. Não que ele estivesse com tanta vontade de viver, mas também não tinha nenhum desejo de morrer daquela maneira.

Chega ao seu prédio sem problemas. Ninguém o seguiu. Sobe e abre a porta do apartamento.

– Bom dia, senhor Dos Santos – diz Annie Lennox, sentada na única cadeira da quitinete.

2

– O que você está fazendo aqui? – Raitek imediatamente olha para trás para procurar o outro homem, que ele não tinha visto na livraria. E que justo nesse instante sai do banheiro.

– Perdão – diz o homem, com um forte sotaque de algum país norte-americano. – Eu estava precisando.

– O que *vocês* estão fazendo aqui?

– Viemos fazer uma oferta que você não vai ter como recusar – Annie Lennox diz.

– A Yakuza mandou vocês?

Annie Lennox ri.

– Pra que a Yakuza mandaria alguém? Já não fizeram estrago bastante em você?

Raitek não está ao alcance de nenhum espelho, mas tem certeza de que seu rosto está vermelho. Está furioso.

– E que oferta é essa então?

– Uma oferta de trabalho, ora.

– Mas se vocês sabem do estrago que a Yakuza fez em mim, também deveriam saber que eu não trabalho mais. E tem muita gente no mercado que faz um trabalho melhor.

O homem balança a cabeça.

– *Not true.* Talvez um ou dois que cheguem muito perto, mas você é o melhor.

– Não sou mais.

– Você ainda tem seu cérebro – diz Annie Lennox.

– Que não funciona inteiramente. Você sabe o que ômega blockers fazem?

– Sabemos perfeitamente – ela responde.

– Mas suas habilidades ainda estão aí dentro – o homem leva o dedo à testa.

– *Not true* – Raitek devolve. A verdade é que ele está tentando responder à altura, mas se sente humilhado. Está lutando para segurar as lágrimas.

Aparentemente Annie Lennox percebe isso. E dá um sorriso que, pelo pouco que Raitek conseguia perceber, não é de escárnio.

– E se nós lhe dissermos que é possível restaurar plenamente suas habilidades? – ela pergunta.

– Minha memória?

– Não foi isso que eu disse – responde Annie. – Não sabemos se é possível restaurar as memórias que você já perdeu. Mas podemos sim recuperar suas habilidades.

– Nós temos a tecnologia – o homem complementa. – Ou melhor, sabemos quem tem.

– Não posso pagar.

– É tudo por nossa conta.

– Qual é a jogada?

– Não tem jogada – Annie fala. – A coisa é simples. Temos um trabalho. Você é o melhor nesse tipo de trabalho. Nós temos como recuperar suas capacidades. Se você concordar, levamos você para fazer o procedimento e você nos paga executando o trabalho.

– E eu não ganho grana nessa?

– Você ganha o que conseguir tirar do trabalho, como sempre fez, senhor Dos Santos – ela disse.

Era verdade e Raitek sabia. Um dos motivos pelos quais a Atarashii Yakuza o havia tirado da jogada era que ele na verdade havia conseguido penetrar no Palácio da Memória, mas, quando percebeu que não conseguiria penetrar no cofre, foi embora levando um pequeno souvenir.

O problema era que o souvenir pertencia a um dos chefes da Yakuza na América Latina.

A última memória desse imbróglio que Raitek tinha era do momento imediatamente anterior aos ômega blockers entrarem na sua corrente sanguínea. Enquanto os dois samurais de rua a soldo da Yakuza o seguravam com um mata-leão, seu contratante, um homem de seus trinta e tantos anos com terno Ermenegildo Zegna e cabelos impecavelmente penteados, disse a ele:

– Você ganhou um bom dinheiro vendendo o souvenir. Fique com ele: vai precisar.

E seu cérebro derreteu.

Ele gastou o resto do dinheiro com medicação para combater os efeitos do leve AVC que sofreu e da fisioterapia.

Foram meses traumáticos. Raitek não tem o menor interesse de revivê-los.

– Obrigado, mas não estou interessado.

– Seu contrato de aluguel vence mês que vem. Você tem dinheiro para renovar?

– Tenho.

– *Not true* – agora sim, Annie Lennox está sendo sarcástica. – Você não tem porra nenhuma. Está comendo de favor no boteco da esquina e fazendo serviços mequetrefes para um conhecido no Arouche. Com o que você vai ganhar, neste serviço somente, dá pra ter a sua vida antiga de volta. E, com suas habilidades restauradas, dá pra manter aquela vida.

– Me libertei daquela vida vulgar – ele diz.

A mulher ri. É um som inteiramente diferente da voz dela até aquele momento, um som mais grave e rouco. Parece ter saído de outra boca. Raitek sente um pequeno arrepio na espinha.

– Nossa, que coisa mais antiga. Rock clássico, não? Eu peguei a referência. Você ainda tem um cérebro que funciona. – E se levanta. O homem tira algo do bolso do paletó e estende a mão para Raitek.

É um cartão de visita.

– Já que você não tem mais celular, *por enquanto* – ressalta a mulher, que havia voltado a ser Annie –, fique com nosso contato.

Raitek aceita o cartão, mas não lê. Annie Lennox e o homem saem pela porta sem falar mais nada.

◆

É um domingo triste.

Raitek coloca o cartão em cima da mesa e se senta na cadeira. Fica ali um tempo, sem saber o que fazer. Até que esquece por que está ali. Mas não esquece de tudo: da invasão do seu apartamento e da proposta de trabalho.

Não sabe dizer quanto tempo ficou ali. Antes ele tinha um senso quase perfeito da passagem do tempo. Não precisava de despertador para acordar. Quando acordava, era capaz de dizer que horas eram sem consultar relógio ou celular. Isso não acontece mais.

Então o telefone toca.

Não é o celular; Raitek não tem mais celular. É uma linha fixa, algo muito raro, uma afetação vintage que algumas empresas ainda vendem e por isso não são nada baratas. Metade do dinheiro que Raitek ainda tinha ele gastou com esse telefone fixo.

– Rai? – uma voz de mulher do outro lado.

– Quem é?

A pessoa do outro lado bufa.

– Adivinha – a voz pingando de ironia.

Ele hesita alguns segundos antes de desistir. Raitek também perdeu a habilidade de reconhecer vozes por meio artificial. Se sua irmã tivesse se aproximado dele por trás no meio da rua, ele teria reconhecido tudo, do ritmo de seus passos à sua respiração sempre acelerada. Mas, por telefone, não mais.

– É Irene, seu babaca – ela diz, indignada. Ela não sabe dos ômega blockers. Aliás, ela não sabe praticamente de nada a respeito dele desde que ele deixou o Rio, anos atrás. Raitek acha que é melhor assim.

– Oi. Tudo bem aí?

– Não. Mamãe está com câncer.

Raitek não consegue mais distinguir tons de voz, mas entende perfeitamente cada palavra que lhe é dita do outro lado da linha.

– Me conte tudo.

E ela conta.

◆

Uma das coisas estranhas que acontecem com a memória de Raitek é que ele não esquece do passado mais distante. Ele não sabe se deveria ser grato por isso.

Porque ele pensa na mãe. E o pai nunca está muito atrás.

Ele fecha os olhos e já sente as lágrimas quentes escorrerem pelo rosto.

Não foi uma infância fácil, e a adolescência foi ainda mais dura. As melhores lembranças que ele tem são da mãe. Mas um dia sentiu que, se não fosse embora, não chegaria à vida adulta.

Foi morar com os tios em São Paulo. Foi a tia, irmã da mãe, que o levou aos médicos e confirmou o que já suspeitava. Raitek tinha TEA.

O Transtorno do Espectro Autista era algo mais que conhecido, mas nem todo mundo aceitava. O pai de Raitek que o diga.

Mas conhecer o próprio transtorno despertou um novo Raitek, alguém que, entendendo seus limites, encontrou a melhor maneira de lidar com eles. E, quando se sentiu forte e preparado o bastante, de superá-los.

E foi assim que nasceu o Fantasma da Liberdade.

Eles não tinham o direito de tirar isso dele.

E de querer dar expectativas de recuperação.

– Você ainda está aí? – só então percebeu que sua irmã tinha parado de falar e ele não respondera nada.

– Estou – ele disse. – O que o médico do HS falou?

– Tu tá maluco que eu ia deixar minha mãe ir lá praquela porra de Hospital dos Servidores? Eu levei ela num médico do meu plano.

– E teu plano cobre o tratamento?

– Cobre uma parte. Te liguei pra gente rachar.

– E o outro lá?

Um silêncio pesado do outro lado.

– Estou ligando pra ele tem três dias. Deixei uma porrada de recados. Nem ouviu.

◆

Dois grandes eventos no Rio de Janeiro aconteceram antes de Raitek nascer, mas o afetaram profundamente: a Guerra dos Milicianos e os Pulsos.

A Guerra dos Milicianos foi uma carnificina maior do que a maioria das guerras no Oriente Médio. O Rio de Janeiro ficou fechado. Não só a cidade do Rio. O estado inteiro ficou *off-limits* para o resto do Brasil e do mundo. Bem, não exatamente do mundo. Durante os vinte e oito dias da guerra-relâmpago, mais bem coordenadas que a maioria das guerras no mundo inteiro, as quatro facções que combatiam pelo direito de mandar no Rio receberam munições de Israel, Ucrânia, República Livre do Texas e Nicarágua. Por ar e por mar. Naquela época, os Pulsos tinham acabado de varrer as costas do Brasil, e a cidade do Rio tivera seu mapa inteiramente redesenhado. Na Zona Sul, só os edifícios mais altos e os morros resistiam; menos gente, mas um território supostamente mais fácil de dominar pelas milícias.

Supostamente.

O avô de Raitek ainda era jovem, mas já estava casado e tinha três filhos pequenos. Era policial. Dizem que do bem, parte do grupo cada vez menor e mais ridicularizado por não aceitar propinas e trabalhar junto à Corregedoria para pegar os colegas que haviam se corrompido.

Dizem que era um homem tão ético e preocupado com seu trabalho que foi um dos primeiros de seu esquadrão a se infiltrar na Príncipe Submarino. A primeira favela aquática do Brasil ficava, claro, no Rio. No começo diziam que havia sido criada por gente que queria justamente fugir das milícias e criar algo novo, utópico. Havia toda uma comunidade de jovens cientistas que se mudou de mala e cuia pra lá e estava fazendo experiências com sistemas híbridos para vida embaixo d'água.

Mas de algum modo os milicianos viram uma possibilidade de lucro nisso e começaram a achacar a comunidade.

E foi num dos primeiros conflitos entre os moradores da Príncipe Submarino e a milícia que o avô de Raitek morreu.

Isso não pareceu afetar o pai de Raitek mais do que afetaria qualquer pessoa sã que perdesse o pai. Ele seguiu com a vida, trabalhando desde cedo para ajudar a mãe e os dois irmãos, que se aglomeravam num quarto-e-sala no Morro do Juramento. Mas a vida naquela região não era fácil. Ainda mais depois dos Pulsos, alguns anos antes, quando a situação na costa ficou tão precária que houve um êxodo para a Zona Norte. O bairro de Vila Kosmos, que conseguiu se manter à margem da gentrificação por décadas e permanecer quase bucólico, com muitas casas e poucos edifícios de no máximo seis andares, de repente virou um grande acampamento de refugiados. O Morro do Juramento, que já estava totalmente ocupado havia quase um século, praticamente dobrou de número de habitantes em menos de um ano.

Mas podia ser pior – e o carioca, que perde a vida mas não perde a piada, sabia disso.

A Zona Sul virou Zona Morte: dos cerca de um milhão e duzentos mil habitantes da região na época, cento e quarenta mil perderam a vida quando o mar engoliu a praia e inundou a maior parte das áreas daquele lado do túnel. Oitocentos e setenta mil migraram para Zona Norte, Baixada Fluminense e Zona Rural. A Zona Oeste, banhada pelas praias da Barra da Tijuca, desapareceu do mapa.

Cento e noventa mil pessoas permaneceram nas favelas da região, que ficaram razoavelmente intocadas pelos Pulsos.

Em menos de um ano, inspirados pela experiência de Nova York, segundo os jornais (mas os habitantes da região não estavam nem aí para os EUA; a fome e a necessidade foram as verdadeiras inspirações), mais da metade dos autoexilados retornou, para ocupar os espaços dos prédios mais altos. A água ia até a altura do sétimo andar das construções; como raros edifícios na Zona Sul tinham menos de quinze andares, havia espaço de sobra para ocupação.

E então aconteceu uma coisa curiosa: vários moradores da Zona Norte foram na onda, literalmente, da ocupação e se mudaram para os apartamentos, a maioria dos quais inteiramente mobiliados e desocupados. A avó de Raitek não foi nessa, porque achou muito arriscado levar duas crianças e um adolescente (o pai de Raitek) para algo que poderia ser literalmente uma canoa furada, mas acabou descendo o morro e levou a família para uma das casas desocupadas na Rua Ierê, na entrada da favela. Era mais acessível e havia acesso mais rápido a produtos e serviços.

Mas não era longe o bastante.

◆

As reminiscências de Raitek param aí. Talvez elas ainda estejam tão vívidas na sua mente porque lhe foram contadas, não vividas. Mas quem entende inteiramente os mecanismos da memória?

– Quanto é?

Irene diz a quantia.

Ele murmura algo.

– O quê?

– Eu disse que tudo bem.

– Tudo bem o quê?

– Não seja babaca. Você entendeu. Quando é pra depositar?

– Ela tem que internar ainda nesta semana. Você pode pagar amanhã?

Ele respira fundo.

– Depois de amanhã.

– Tá. Mas não passa disso. Por favor.

Raitek sabe que é realmente sério quando sua irmã fala "por favor".

– Pode deixar.

Depois de desligar, ele fica um bom tempo ali sentado no sofá. Mas desta vez sua atenção não se dispersa. Ele pega novamente o cartão e leva um tempo enorme para conseguir digitar no teclado do telefone fixo o número que está gravado em algarismos dourados.

3

Os olhos de Raitek doem com as luzes do Chao Phraya.

Mesmo no alto de uma arcologia de duzentos andares, é possível ver as águas do chamado Rio dos Reis. O Chao Phraya não mudou muito em séculos, mesmo com os Pulsos e a invasão das águas. O sistema de eclusas da parte navegável do rio ajudou a reduzir a subida da maré. Eles só perderam seiscentos metros de margem ao invés dos mais de mil e quinhentos previstos.

O que eles puderam deslocar, deslocaram. O que fere a vista de Raitek não é o curso de água, mas o reflexo da luz do sol no grande templo de Wat Aran, que ficava à beira do rio em sua linha de margem antiga e foi transferido tijolo a tijolo, ao longo de cinco anos, para a nova área costeira.

O Pulso só não destruiu a Tailândia porque o governo estava preparado para isso havia décadas.

De acordo com a Colmeia®:

Chao Phraya (rio): *Embora muito diminuído em relação à sua proeminência passada, o transporte por água ainda desempenha um papel importante em Bangkok e nas províncias imediatas a montante e a jusante. Vários ônibus aquáticos atendem os passageiros diariamente. O Chao Phraya Express Boat serve trinta e quatro paradas ao longo do rio, transportando uma média de 70 mil passageiros por dia, enquanto o serviço de barco menor Khlong Saen Saep serve vinte e sete paradas no Canal Saen Saep com 84.557 passageiros diários. Barcos de cauda longa operam em* *quinze rotas regulares no Chao Phraya, e balsas de passageiros em trinta e duas travessias de rios serviram uma média de 446.927 passageiros diários em 2120.*

A Tailândia ficou mais rica que muitos países da Europa depois dos Pulsos. Só agora, diante da grandiosidade do cenário visto da janela da clínica, Raitek se dá realmente conta de que tem alguém investindo muito pesado na sua recuperação, e não está jogando para perder.

– Como você está se sentindo? – pergunta a mulher, que, agora ele sabe, não se chama Annie Lennox (lógico), mas Kátia Acker, filha de dominicana com californiano (e de Iemanjá, ela diria depois, para surpresa de Raitek).

– Atropelado por um hovercraft de cruzeiro.

– E a memória?

Ele olha novamente pela janela. Fecha o olho esquerdo, que está bem na linha de mira do reflexo, e tenta fixar o direito na ponta da torre mais alta de Wat Aran.

– Não sei. Ainda é cedo para dizer, acho.

– Você está testando a vista ou a memória?

– Os sentidos desempenham um papel fundamental na construção de palácios da memória. Não só a visão, mas ela é a principal, pelo menos para mim.

– E você está tentando construir um palácio da memória com o templo lá longe?

– Não. Estou tentando construir um palácio da memória com

tudo o que tenho aqui ao meu redor. – Ele gira lentamente a cabeça para ela, como se tivesse um torcicolo. – A janela e a visão da janela podem fazer parte desse conjunto.

– E eu?

Ele dá de ombros.

– Você não é mobília.

– Mas eu poderia fazer parte do conjunto mesmo assim?

– Poderia. Mas não é usual. Por que a pergunta?

Desta vez é ela quem dá de ombros.

– Curiosidade.

– Quando vou ter alta?

– Amanhã.

– E para onde vamos a seguir?

– Higgins vai lhe dizer tudo.

– Posso dizer agora, se quiser, senhor Dos Santos – Higgins diz, entrando no quarto acompanhado de um enfermeiro. Enquanto o homem (que, agora Raitek sabe, é um *full-blooded American*, ou americano da gema, se estadunidenses falassem português) se senta na poltrona Phillipe Starck retrô, o rapaz checa os aparelhos conectados ao indicador direito de Raitek e os eletrodos no seu peito e na sua cabeça.

– Por favor.

– Assim que você tiver alta, iremos para o Rio de Janeiro. Miss Acker vai apresentar você a uma equipe altamente especializada de ataque cíbrido e você vai invadir a Atlântida.

Raitek franze a testa.

– Você está falando sério?

– Espero que a pergunta seja retórica, senhor Dos Santos. Não trouxemos o senhor até aqui para brincadeiras.

– A pergunta não é retórica, é tática. Como é que você espera que eu faça uma invasão a uma fortaleza física?

– Com essa parte você não precisa se preocupar – desta vez é Katia Acker quem fala. – Deixe isso comigo.

– Uma vez lá dentro, você vai invadir o Palácio da Memória do Aquaman. E recuperar um conteúdo muito valioso para nós.

> ***Aquaman (personagem da cultura pop):*** *Criado em 1941 por Paul Norris e Mort Weisinger, Arthur Curry era o fruto do amor entre um homem da superfície e uma mulher do continente perdido da Atlântida. A mulher foi salva pelo homem, o faroleiro Tom Curry, e não falava a língua dele. Ele cuidou dela e se apaixonaram, gerando um filho. A mãe morreu no parto e o jovem Arthur foi criado pelo pai, que desde cedo o ajudou a respirar embaixo d'água (uma vez que o homem não era capaz disso, não fazemos a menor ideia de como ele conseguiu ensinar o garoto, mas isso fazia parte do pensamento das pulp magazines da época) e se comunicar telepaticamente com as criaturas do mar. A mulher era Atlanna, rainha da Atlântida, e o garoto seria rei, de direito e de fato, o que inclusive lhe concedia esses poderes. O personagem teve várias encarnações nos quadrinhos, em desenhos animados e em* live action *no cinema.*

Na vida real (e isso a Colmeia® até diz, mas não com detalhes), Aquaman é o apelido de Guilherme Santana, campeão de natação de 100 e 400 metros nas Olimpíadas de Adis Abeba e Manágua, ator de séries de streaming e, depois de uma acusação de homicídio que nunca foi bem explicada e o afastou das câmeras, o deputado estadual mais votado na história do Rio de Janeiro. Seu envolvimento com o império miliciano não é comprovado, mas ele aparece frequentemente ao lado dos maiores nomes da cúpula das milícias em restaurantes, lançamentos de filmes e festas boca-livre em geral. Foi a primeira celebridade a explorar a cidade depois dos Pulsos e trazer divisas para o Rio de Janeiro. *Aquaman, Anfíbio de Bem* foi o slogan que o levou a ganhar a primeira eleição. Se nada disso tivesse acontecido, ele já teria entrado para a história ao se tornar o primeiro brasileiro a receber o implante de guelras WK17, que permite que ele respire na água por horas a fio. Dizem alguns que isso o deixou louco, mas quem o conhece de perto diz que louco ele sempre foi, a culpa não era do implante.

Aquaman ganhou esse apelido ainda na época da primeira olimpíada que disputou, mas não ia ficar só nisso. Um ano depois de assumir a cadeira de deputado, mandou construir uma mansão em plena orla do Rio, logo depois do Pulso: seguindo um projeto do premiado arquiteto finlandês Rikko Malaska, a mansão, apelidada de Atlântida, era construída a partir de um material compósito imitando rocha, com a estrutura semelhante à de um iceberg: dez por cento sobre as águas e noventa por cento abaixo delas. Muito se especulou sobre o que havia naqueles noventa por cento subaquáticos. Muito jornalista investigativo foi demitido ao chegar perto – literal e metaforicamente – do segredo.

Pelo menos um foi dado como desaparecido; seu corpo nunca foi encontrado.

– E se eu não for bem-sucedido?

Higgins abre as mãos espalmadas.

– Ora, Senhor dos Santos. Se o senhor não for bem-sucedido, provavelmente não sairá vivo de lá.

– E se por acaso eu não for bem-sucedido mas conseguir sair de lá?

Higgins franze a testa.

– Algo me diz que o procedimento já está surtindo o efeito desejado, certo?

Raitek fica olhando fixo para ele. É verdade. Desde que acordara, sua mente estava mais clara. Até sua visão estava mais definida, como se ele enxergasse com maior definição que antes, e ele nunca precisou usar óculos. Mas agora percebe que os ômega blockers que fizeram baixar aquela neblina sobre sua mente também prejudicaram seus sentidos. Mesmo a comida sintética ruim da clínica dos dark doctors era mais saborosa do que a feijoada vegana que ele havia comido no último sábado.

– Não precisa responder – Higgins continua. – A *minha* pergunta foi retórica. É evidente que suas capacidades foram restauradas, não importa se ainda não inteiramente. Mas você terá tempo. Vamos começar em uma semana.

– Por que em uma semana?

– Porque vai ser a noite do Baile. Aquaman vai receber a nata da milícia. Dois ou três líderes estrangeiros vão estar lá também.

– Mas que caralho – Raitek não costuma dizer palavrões, mas aquele sai com a espontaneidade de uma diarreia. – Justo no dia em que *toda* a vigilância do Rio vai estar lá?

– Deixe isso conosco – Higgins responde, aparentemente não percebendo, ou não dando a mínima, para o expletivo. – Faça a sua parte e faremos a nossa.

Parte dois
Assim era a atlântida

4

Quando Raitek acorda, seus empregadores ainda estão lá. A enfermeira da manhã está retirando seus eletrodos. Ele respira numa máscara de plástico transparente que não lembrava de ter estado lá antes. Levanta o braço para retirá-la, mas a enfermeira o detém.

– Como está se sentindo? – pergunta Higgins.

– Um pouco febril, mas tirando isso estou bem.

– A febre faz parte – diz Kátia. – É a nossa garantia.

Raitek sente o coração acelerar na hora. – Que garantia?

– De que você será bem-sucedido – diz Higgins. – Veja, senhor Dos Santos, como o senhor já percebeu, aqui ninguém está de brincadeira. O procedimento pelo qual você passou foi um coquetel à base de *smart drugs* de RNA, que praticamente lavou sua corrente sanguínea e seu pâncreas dos ômega blockers. Contudo, há um preço para esse procedimento, que ainda é, digamos, experimental.

– Seu sistema imunológico foi pra casa do caralho – Kátia arremata, sutil como um robô assassino israelense da última guerra. Higgins faz uma cara de desagrado.

– De certa forma, é isso – ele concorda. – E essa máscara de osmose que você tem no rosto é algo que terá de continuar usando até executar sua missão.

– Inclusive no banho?

– O. Tempo. Todo – diz Kátia.

– Vai ser difícil dormir assim. Ainda mais no calor do Rio.

– É um preço pequeno a pagar. Mas você sabe disso.

Raitek sabe. Sua mente está ainda mais límpida que no dia anterior. Enfim ele se sente ele mesmo novamente. Não vê a hora de voltar para o Brasil.

– Vista-se – ela disse, como se lesse sua mente. – Vamos voltar para o Brasil daqui a duas horas.

◆

A vista da Terra pelo suborbital é de tirar o fôlego.

Raitek não precisava mais de nenhuma prova de que havia gente muito poderosa investindo nele, mas comprar passagens para três num veículo suborbital era muita areia para o seu caminhãozinho. E a China – a única detentora dos direitos de transporte via suborbitais – não cobrava barato.

A decolagem e o pouso foram um tanto incômodos para quem, como Raitek, tem medo de avião – mas, assim que o *Pássaro Celestial* ultrapassa os cem quilômetros de altitude e atinge a Linha Kármán, ver a curvatura da Terra e o azul-escuro virando o negror do espaço compensa tudo.

Raitek achava que ficaria sem gravidade, mas não é o caso. Mesmo assim, ele tem a impressão – que Higgins lhe assegura ser somente impressão mesmo – de estar um pouco mais leve.

– Isso é porque você está emagrecendo – Kátia diz, com um sorriso no qual Raitek vê (agora com a clareza de quem consegue novamente ler microexpressões) uma dose considerável de deboche. – Um dos efeitos do coquetel é inapetência. Mas depois que lhe dermos o soro pra reforçar o sistema imunológico, a fome vai voltar.

– Acho bom – ele diz, sem tirar os olhos da imensa bola azulada. – Prezo muito a minha alimentação.

Raitek é gordo. Durante a infância sofreu bullying dos coleguinhas na escola. Na adolescência, foi a vez do pai, que exercia uma pressão constante para que o filho fosse homem. Para o pai dele, ser homem era fazer musculação, treinar tiro, coçar o saco e cuspir no chão – coisas que ele não gostava nem nas comédias antigas que costumava assistir com o pai quando criança no streaming. Raitek agora tinha seus próprios canais.

Ele não se importava de perder algum peso – seu colesterol sempre fora um pouco acima do padrão –, mas Raitek precisava de *equilíbrio*, e sua corpulência lhe fornecia isso lindamente. Qualquer alteração no peso fazia com que ele literalmente tropeçasse na rua e se estabacasse se não prestasse muita atenção nos seus movimentos.

Raitek percebeu que, durante os dias em que ficou meio sedado enquanto seu sistema imunológico era resetado, perdeu peso. Perdeu *muito* peso. Seis quilos e trezentos gramas, segundo o médico. Quando ele perguntou o que eles haviam feito, o doutor respondeu com a tranquilidade de quem já tinha dito isso milhares de vezes: – Seu organismo eliminou normalmente a água e parte da gordura corporal porque o agente introduzido na sua corrente sanguínea para reforço do sistema é uma variante não patogênica do vibrião do cólera. Letalidade zero, mas o organismo reage eliminando excessos. Nada que vá fazer falta.

Teu cu, Raitek pensou. Mas não falou.

◆

O Rio de Janeiro continua lindo até debaixo d'água.

A dez mil metros, Raitek já consegue ver a Dentadura do Turista. Quando iniciaram os procedimentos de descida, era perfeitamente possível ver o traçado da costa carioca. Antes dos Pulsos, teria conseguido distinguir com precisão a Baía de Guanabara, mas ela não existe mais. A cem mil metros de altitude, não existe baía nem enseada, apenas algumas ilhotas enfileiradas formando o que antes teria sido um portão de entrada para a costa, mas agora é apenas uma fieira desenxabida de pontinhos verdejantes.

Mas basta descer mais para que a visão se acomode e a pareidolia exerça seu efeito sobre o cérebro reptiliano. O relevo acidentado da costa deixa entrever logo à frente, no meio da água, tocos brancos e acinzentados, uns mais compridos, outros mais curtos, um ou outro meio quebrado, como um arcada dentária de um ser humano em avançado estado de decrepitude.

Se fossem pousar ali, onde ficava o antigo Aeroporto Santos Dumont, Raitek teria visto até mesmo uma ou outra bactéria num dos dentes cariados. Mas, quando o Pássaro Celestial sobrevoou os dentes da boca banguela, não foi possível ver os moradores debruçados nas janelas dos andares mais altos, nem as tendas geodésicas montadas nos terraços, coloridas como bandeirinhas de festa junina do subúrbio. Mas ele já sabia disso tudo e mais, claro, porque era carioca. Os não-cariocas sempre podem usar a Colmeia®:

> ***Dentadura do Turista (in: geografia do Rio de Janeiro, relevo urbano):*** *formação provocada pela inundação da Baía de Guanabara devido aos Pulsos de 2087 e 2089, que fez subir o nível do mar numa média de sete metros de altura na costa brasileira. A ilusão de uma dentadura foi observada pela primeira vez pelo ator e apresentador Derek Bleeker no programa de holovisão* Strange Geographies, *da BBC 23, em 2090, e batizada por ele de ChesRio Cat, numa alusão ao Gato de Cheshire, de Alice no País das Maravilhas, de Lewis Carroll. O apelido foi imediatamente contestado pelos cariocas, dentre os quais o comediante Estácio de Sá Duvivier, que em seu programa de HV* Sintonizadaço *mandou Bleeker "fazer turismo em outra freguesia" e disse que o nome mais adequado para o conjunto de edifícios seria "evidentemente Dentadura do Inglês, porque, convenhamos, vocês ingleses já foram melhores: tiveram um império mundial mas até hoje não sabem tratar dos dentes". No dia seguinte, com a finalidade de evitar uma repercussão negativa que pudesse prejudicar uma cidade ainda tentando se recuperar do prejuízo de vidas e finanças, o governador do Estado do Rio, Enzo Valentino Filho, publicou uma matéria na qual chamava os edifícios de "Dentadura do Turista" e lançava o Programa Oficial de Reconstrução da Orla Carioca, para, em suas palavras, "embelezar o sorriso da Cidade Maravilhosa".*

O suborbital pousa no Campo de Marte, que antes dos Pulsos ficava muito distante da praia, mas que agora ocupa a mesma geografia relativa que o antigo aeroporto Santos Dumont. Raitek conhece de cor o procedimento: tira a jaqueta chinesa de algodão grosso que ganhou de Kátia Acker ao sair da clínica e espera que a porta do avião seja aberta. No instante em que ele põe o pé do lado de fora, o ar incrivelmente quente e úmido cola imediatamente suas roupas no corpo. Raitek suspira. Ele não está mais acostumado ao calor extremo do Rio de Janeiro e sabe que aquela cidade nunca mais será seu lar.

De lá eles vão até a estação das barcas e pegam um hovercraft até a Estação Clarice, na Pedra do Leme. Eles fazem silêncio durante todo o trajeto. Raitek olha de esguelha para os dois sempre que percebe que eles não o estão vigiando: Higgins está sentado empertigado e imperturbável – mas a testa poreja de suor. Kátia não disfarça o incômodo; seu rosto moreno brilha e as maçãs do rosto estão quase tão vermelhas quanto à maçã da Branca de Neve. Raitek consulta uma das telas do hovercraft e verifica a temperatura: 54 graus, sensação térmica de 60. Um dia normal de verão no Rio.

– Vamos tomar um café – Kátia diz assim que desembarcam. No suborbital ela havia trocado de roupa, deixando de lado o agasalho preto e pondo uma camiseta mórfica que alterna tons de azul. Não é só a indumentária que está mais clara e vibrante: Raitek vê um sorriso legítimo no rosto dela, bem diferente da cara de ironia com a qual ele havia se acostumado na última semana. O Rio de Janeiro costuma surtir esse efeito nas pessoas. Ele sabe bem disso.

Mesmo distante, mesmo não se considerando mais carioca, ele não tem como fugir do passado. E ali está ele agora.

A cafeteria da Estação Clarice é toda envidraçada. Para alcançá-la é preciso subir um lance de escadas de aço que a distancia das marés pela altura de um andar, mas mesmo assim Raitek tinha a impressão de que as águas iriam invadir aquele espaço a qualquer momento.

Da Colmeia®:

Estação Clarice Lispector (in: Pedra do Leme – logradouro): *inaugurada em 2120 para o bicentenário de nascimento da escritora, na gestão de Prefeite Gli Luminosa, ela é administrada em regime participativo pelo Coletivo Nós da Água, que reúne moradores das comunidades da Babilônia, do Chapéu Mangueira, da Príncipe Submarino e dos prédios adjacentes.*

O que a Colmeia® também não diz é que a Estação Clarice é um dos poucos espaços públicos do Rio de Janeiro não ocupados pelas milícias. E consequentemente um espaço seguro para eles.

Kátia vai até o balcão da cafeteria e pede para todos. Raitek e Higgins se sentam e ficam olhando a paisagem pela parede de vidro. O voo suborbital não durou mais que duas horas, mas eles ficaram em silêncio durante todo o trajeto, e em silêncio continuam. Kátia retorna alguns minutos depois, com uma moça de traços indígenas e sofrendo de hipoxia severa.

– Raitek, esta é Uiara. Uiara, Raitek.

A indígena azul estende a mão.

– Gostei do nome. Sua mãe curtia alta tecnologia?

– Sim, mas o nome foi ideia do meu pai – ele diz, um pouco surpreso, apertando a mão dela. – Não é todo mundo que nota.

Kátia ri, mas era a risada irônica e meio artificial de antes.

– Nós notamos – ela diz. – Mas em inglês o trocadilho não tem graça.

É só depois que Uiara retira a mão que Raitek se dá conta de que ela não sofre de hipoxia. A pele é azulada de verdade.

– Você é uma Sereia?

– Sou – ela responde com um sorriso. – Mas isso todo mundo nota.

◆

As Sereias de Copacabana são um grupo lendário. O grupo começou a fazer história quase quarenta anos atrás, quando um grupo de nadadoras e jogadoras de polo aquático se reuniu após o Escândalo das Confederações e decidiu abandonar os esportes em protesto contra a corrupção e o machismo e a transfobia reinantes. A Camarilha das Vinte, como foram apelidadas de modo deletério pela imprensa, decidiu criar uma empresa de salvamento de embarcações para atuar na costa do Rio de Janeiro. A mídia, claro, caiu matando e as ridicularizou o quanto pôde, o que teve sérias consequências: três abandonaram o grupo e uma cometeu suicídio. Isso quase destruiu a Camarilha.

E aí aconteceram os Pulsos.

Isso já era esperado. Os Pulsos vinham sendo previstos havia mais de cinquenta anos. Pesquisadores e escritores de ficção científica tinham escrito livros e mais livros sobre o surto de elevação da linha da costa em todo o planeta por causa do aquecimento global. A única coisa em que não existia unanimidade era a época em que isso ia acontecer. Aconteceu dois anos após a criação do grupo.

As águas subiram sete metros na Baía de Guanabara. Isso se deu numa subida de maré extremamente veloz depois de um grande temporal. O INPE já havia emitido um boletim de emergência trinta dias antes, o que deu tempo para as pessoas abandonarem suas casas. O governo do estado e a prefeitura do Rio prometeram montar um esquema especial para evacuação de moradores e de mobília para centros emergenciais que seriam construídos na Baixada. O que ninguém lembrou à governadora nem ae prefeite era que a Baixada tinha esse nome por causa da sua geografia, e que a elevação das águas iria transformar parte da região num alagadiço. De qualquer maneira, nada foi feito e os cariocas tiveram de se virar sozinhos. (Não que tenha sido melhor no resto da costa brasileira. Não foi.)

Nenhum dos membros da Camarilha desertou de seu posto. Elas levantaram os barcos e os levaram para uma posição segura na Pedra do Leme. Gastaram o que tinham e o que não tinham. E, claro, foram mais uma vez ridicularizadas pela imprensa e parte da opinião pública.

Mas, quando os Pulsos chegaram e destruíram tudo ao redor, as pessoas pararam de rir.

A Camarilha estava na linha de frente dos salvamentos, antes mesmo da Guarda Costeira, que não tinha se preparado o bastante. No fim do primeiro dia, o grupo resgatou dois tripulantes de um barco pesqueiro e mais um de uma traineira que tinha ficado à deriva depois de perder o motor. No segundo dia, conseguiram resgatar quatro dos seis tripulantes de uma embarcação que fazia scuba diving nas Cagarras. Trabalharam por quatro dias se revezando, quase sem dormir. No quinto dia, tinham salvado sete pessoas e recolhido destroços de dezenove embarcações, de diversos tamanhos. Nenhum órgão municipal, estadual ou federal jamais as procurou para prestar esclarecimentos, nem a Guarda Costeira – e elas tentaram. Acabaram vendendo o que puderam no mercado negro e isso impulsionou enormemente o negócio delas.

Claro, tiveram que se esquivar da milícia e lutar contra piratas, mas isso não é relevante agora. O relevante é que o tempo passou, e vinte anos depois suas filhas e sobrinhas receberam o bastão, e nasceram as Sereias.

◆

As Sereias eram literalmente a versão 2.0 da Camarilha: todas ali eram exímias nadadoras, mas só isso já não trazia mais nenhuma competitividade naquele ambiente. Então elas começaram a transicionar.

Primeiro, tomando as *smart drugs* mais comuns da praça. MentEx ou Realce para aguçar os sentidos, e Druguelra para conseguir respirar embaixo d'água por períodos curtos.

Mas depois uma delas fez uma cirurgia experimental em Osaka e implantou guelras. A cirurgia foi tão bem-sucedida que as outras decidiram fazer também.

Hoje, todas as sete Sereias respiram tão bem embaixo da água quanto no ar.

– Qual é a sensação de respirar embaixo d'água? – Raitek pergunta. Ele está gostando de não ter mais a mente embotada, mas isso ainda é pouco. Ele quer mais.

A indígena azul ergue as duas sobrancelhas quase sem pelos. Ela não é careca, mas os cabelos estão cortados com máquina dois, o que certamente tem a ver com a resistência da água.

– Não respiramos embaixo d'água, mas *respiramos água.*

– E qual é a diferença?

– Ela nos nutre.

– O que ela quer dizer – Kátia interrompe – é que o sistema respiratório e endócrino dela filtram a água salgada e fazem com que seja possível ela não apenas inalar a água como também bebê-la sem nenhum problema.

Raitek pensa em perguntar como ela fazia para urinar e defecar lá embaixo, mas se detém a tempo; seria uma pergunta de péssimo gosto. Além do que, como elas vivem na superfície, deve ser bem mais prático utilizar os banheiros normais.

– É um pouco mais complexo que isso – diz Uiara, ligeiramente incomodada por Kátia ter tomado as rédeas da conversa para explicar algo que não experimentou na pele (isso tudo segundo a percepção de Raitek, que está quase tendo um orgasmo cognitivo por enfim ser capaz novamente de perceber microexpressões). – Mas não é relevante.

– Sim – Raitek diz. – Vamos ao que interessa.

– Aqui não. Hoje à noite, na Barcaça.

– Vamos embora então – diz Kátia. – Você precisa descansar. Vamos ter uma noite intensa.

◆

Higgins se despede deles ali. Kátia leva Raitek até seu submarino.

A palavra não tem mais o mesmo significado de antes dos Pulsos. No contexto carioca, *submarino* é um apartamento abaixo da linha da água.

Nem todos os prédios utilizam seus espaços submersos; só aqueles que conseguiram dinheiro suficiente para reformar os andares afetados pela ação da água com implantes de concreto reforçado e cobertura de polímeros hidrofóbicos para evitar infiltrações. Normalmente só os três andares logo abaixo da linha da água eram utilizados (corria uma lenda urbana de que, caso um novo pulso acontecesse e os andares fossem alagados, o tempo necessário para subir e escapar dava para exatos três andares; mais fundo que isso e o morador ficaria lá embaixo permanentemente; mas isso a Colmeia® não confirma). Raitek fica no antigo sexto andar, o mais alto, que agora, por uma simples questão topológica e vetorial, se chamava Menos Um.

É um apartamento espartano: tem apenas uma cama, uma arara (onde ele logo pendura as poucas roupas que trouxe), uma poltrona esfarrapada e com um cheiro de morrinha de gato que ele acha incômodo, mas razoavelmente suportável. E tem a vantagem de ser incrivelmente fresco, porque a temperatura embaixo d'água resfria o concreto ao redor, reduzindo em muito o calor da superfície.

– Não se preocupe – Kátia diz ao ver a cara dele, que pelo jeito estava bastante transparente –, você não vai ficar muito tempo aqui. Agora vê se descansa. Daqui a cinco horas eu venho te buscar. Ah, ia esquecendo. – Mete a mão no bolso e retira um objeto retangular fino e preto pouco maior que a palma de sua mão. – Um presentinho pra você.

O celular é, até onde Raitek sabe, o modelo mais avançado da Wells-Kodama. 5 petabytes de memória (podia ser melhor, mas dava para o gasto) e uma LIA. Raitek não gosta muito das inteligências artificiais limitadas da Wells-Kodama, mas elas costumavam ser auxiliares eficientes para recuperação de dados. E a Colmeia® é um recurso muito melhor que a antiga Web.

Como se lesse sua mente, Kátia diz:

– Esquece a LIA. Não funciona nesse aparelho.

– Por que não?

Ela ergue a sobrancelha e dá um sorriso de canto de lábio.

– Você quer ser descoberto? Se a milícia acha você aqui, você nem vai preso, é execução imediata. Esse seu celular não tem conexão com a Colmeia®. Ele tem uma Fava que emula a rede e contém uma série de programas do tipo que você costumava usar nos seus trabalhos.

Ele liga o aparelho. No menu ele é capaz de identificar de saída dezesseis jogos lógicos e semânticos clássicos. Começa a explorá-los ali mesmo em pé; nem percebe quando Kátia sai.

Não sente o tempo passar. Mas não prega o olho; terá tempo suficiente para dormir depois. Agora Raitek corre em busca do tempo perdido.

5

Colmeia®: *rede global formada pelas LIAs (inteligências artificiais limitadas) que surgiram durante a Falsa Singularidade de 2100. Substituiu a World Wide Web como tecnologia de repositório de conhecimento e transmissão de informações em 2104.*

Raitek acorda sobressaltado. Não percebeu que havia pegado no sono. Levanta para ir ao banheiro lavar o rosto quando batem na porta. Vai atender de mau humor; sempre detestou que o acordassem, gostava de fazer isso sozinho.

Mas a pessoa que estava do outro lado da porta fez seu humor mudar na hora.

– Mãe?

– Meu filhinho querido – a mãe de Raitek diz, e o abraça. Ele sente um calor delicioso irradiar do peito e dos braços dela para todo o seu corpo. Mergulha o nariz nos cabelos cheirosos e as lágrimas descem pelo seu rosto sem que ele se dê conta.

Ele tem vontade de perguntar o que ela estava fazendo ali, como foi que ficou sabendo que estava no Rio. E, principalmente, como ela podia estar ali se tinha acabado de morrer?

Então a campainha toca.

E Raitek acorda, desta vez de verdade.

Pula da cama e quase corre até a porta antes de se dar conta de que não estava usando a máscara de osmose. Mas sua memória não está mais embotada nem dominada por sonhos: ele imediatamente se lembra de que logo antes de deitar colocou a máscara em cima da mesinha de cabeceira. Sabia que não ia conseguir dormir, e percebeu ao entrar no prédio que os protocolos de higienização estavam sendo seguidos, então deduziu que não haveria problema ficar sem a máscara desde que ninguém entrasse no seu submarino. Volta e põe a máscara. Só então abre a porta.

A mulher à sua frente tem o mesmo tom azulado de pele que Uiara, mas elas só têm isso em comum. Ela é mais baixa e gordinha, com cabelos cacheados cor de cobre que caem até os ombros.

É a mulher mais bonita que Raitek já viu na vida. E sua memória agora está suficientemente afiada para que ele consiga se lembrar de todas as mulheres que passaram pela sua vida.

– Raitek?

– Eu.

– Sirena.

– Serena?

– SI-rena – ela repete, abrindo bem a boca para escandir as sílabas. Ele acha a voz dela, grave e ligeiramente rouca como uma fumante de antigamente, um charme.

– Sim, claro, desculpe. Nome mais do que apropriado para uma sereia, aliás. Você que escolheu?

– De certa forma. Minha mãe é espanhola. Ela sempre adorou esse nome. Mas meu pai não gostava.

– Lamento.

– Tudo bem. Mas Raitek é seu nome mesmo, né? Gostei.

– Obrigado. Foi meu pai que escolheu.

Ela deu de ombros.

– Uns pais são melhores que outros.

Raitek suspira.

– É a mais pura verdade.

◆

Do pai de Raitek, quanto menos se falar melhor. Mas agora que a memória de Raitek voltou a ser perfeita, seu lado ruim vem à tona.

E ele lembra de tudo.

De um homem que nunca superou a morte trágica do próprio pai e não conseguiu ele próprio ser um bom pai para seus filhos. Um homem complexo, que depois de muito sacrifício conseguiu se formar em Engenharia numa universidade pública, mas que nunca conseguiu se manter muito tempo no mesmo emprego. Tinha um gênio do cão, mas de algum modo a culpa era sempre dos outros. E os outros tinham muita culpa, principalmente a dinastia miliciana que reinava suprema sobre a cidade havia mais de um século, e que nem as experiências socialistas e sociais-democratas dos governos federais ao longo das décadas foram capazes de erradicar. Mas a culpa não era só dos outros.

Sua mãe sabia disso quando se casou com ele. Ela própria uma interessada em tecnologia, mas não pelo lado prático, havia escrito ficção científica na época da faculdade de Letras e publicado em zines. Mas o olhar do namorado, sempre interessado nos contos dela mas fazendo muitas críticas à maneira irrealista como ela tratava a ciência, acabou fazendo com que ela fosse aos poucos duvidando de si mesma e parando de escrever. Mas a culpa não era de seu pai, nunca era dele. Nem quando sua mãe se formou e ganhou logo em seguida uma bolsa de mestrado, que ela trancou logo depois que engravidou dele, Raitek, com a garantia do namorado de que assim que ele arrumasse um emprego eles se casariam e ela retomaria os estudos.

Ele arrumou um emprego e eles logo se casaram. Mas assim que ela deu a luz ao primeiro filho, ele perdeu o emprego e ela precisou se virar para garantir o sustento do bebê. Começou a dar aulas numa faculdade vagabunda e abandonou o sonho do mestrado. Mas, se a culpa não era dela, também não era do marido. Ele fazia questão de lembrá-la disso todos os dias.

E quando Raitek (nome que ele escolheu, e que a mãe acabou aceitando apesar de achar peculiar demais e desconfiar que isso seria motivo de bullying na escola, o que de fato aconteceu apesar de não ser culpa do pai) começou a ter explosões de raiva do nada, o que fez com que seu pai, que, justiça seja feita, nunca levantou a mão contra Raitek, parasse de lhe dar o pouco carinho que havia se dignado a transmitir nos primeiros anos de vida do filho. Quando a mãe de Raitek decidiu levá-lo a médicos para saber o que estava acontecendo com seu filho, o pai se recusou a acreditar que a criança pudesse ter algo, pois era uma criança robusta, saudável, que tinha herdado os genes do pai e logo não poderia ter nada fora do normal.

E quando sua mãe descobriu, anos depois, quando sua outra filha ainda era bebê, que seu marido tinha outra família e o pôs para fora de casa, ele foi embora sem hesitar, mas não sem antes dizer com todas as letras que a culpa não era dele. A culpa era dela e principalmente do filho mimado e cheio de pitis. Mas não era dele.

Quando todas essas lembranças vinham à mente de Raitek, ele

simplesmente as punha de lado, como quem pega um documento necessário porém desagradável e coloca num arquivo morto. Mas com um memorista não existem arquivos mortos. A mágoa que Raitek tem do pai é tão grande que explode em seu peito como um tokamak, um reator de fusão nuclear, e ele jura que jamais será igual àquele homem. Ele usa a raiva e a tristeza como impulso para seguir em frente. E segue.

◆

Raitek imaginou que subiria até o topo do edifício, fazendo o caminho da ida, para pegarem um barco até a Barcaça, mas Sirena o leva por baixo mesmo.

– O nome deste prédio aqui é Arca Russa – ela diz enquanto o conduz pelo labirinto de salas e corredores de prédios dos mais diversos tipos e configurações, todos interconectados. – É uma referência a um antigo museu russo.

– O L'Ermitage – ele complementa enquanto olha ao redor, tomando cuidado para não bater a cabeça em algumas portas mais baixas nem tropeçar em degraus nas divisórias das passagens entre prédios. – O antigo palácio de inverno dos czares. Foi destruído na guerra.

– Nunca entendi o que uma coisa tem a ver com a outra.

– Na verdade, o termo *Arca Russa* vem de um filme antigo. Foi um dos primeiros filmes com câmera digital, o que permitia que ele fosse inteiramente filmado de uma tacada só, mostrando um passeio de cabo a rabo por toda a extensão do museu, sem cortes.

– Parece chato.

– Muito.

Ambos riem.

– É por esse tipo de informação que você foi chamado?

Raitek dá de ombros.

– Talvez.

– Você seria capaz de memorizar este labirinto pelo qual a gente está passando?

– Não vejo por que não.

– Então me diga: o que estava escrito na comporta de separação do penúltimo prédio pelo qual a gente passou?

– A comporta com tinta verde-escuro descascando? Alguém raspou, imagino que com chave, as palavras *Arne Saknussemm was here*. Uma citação bastante interessante, se fizermos um paralelo do fundo do mar com o centro da terra.

Ela sorri e balança a cabeça afirmativamente.

– É, você é bom. Vamos ver o que o Johnny Drone tem a dizer.

– Quem é Johnny Drone?

– Você vai ver.

◆

Chegam ao interior da Barcaça depois de meia hora de labirinto. Se não estivesse prestando muita atenção, Raitek não teria percebido a passagem do último prédio. Quem quer que tenha projetado esse conjunto de corredores de ligação entre os edifícios submersos fez um trabalho interessante de camuflagem. Raitek gostaria de poder acessar uma LIA para saber a que profundidade estavam, mas ainda está sem acesso e Sirena pediu que desligasse o seu aparelho antes de saírem do submarino.

Entram num aposento que parece ter servido como porão de carga em algum momento da existência do navio. Barcaça seria um nome adequado então? Mas talvez isso também seja para desorientar. Talvez eles nem mesmo estejam num navio, mas simplesmente em outro prédio. Melhor não saber.

– Melhor não saber mesmo, meu camarada – diz uma voz com sotaque forte que Raitek não consegue identificar de cara. Olha ao redor. Só estão ele e Sirena ali.

Clic.

Correção: só ele está ali. Sirena sai e acaba de trancar a comporta atrás dele.

Raitek sente a espinha gelar. Ele não é nenhum herói de ação. Todas as suas inserções sempre tinham sido feitas com muita segurança. Ele não passou pelos procedimentos em Bangkok para morrer ali.

– Não, meu camarada, você não vai morrer aqui. *Stay cool.*

– Quem é você? – agora ele percebe que o sotaque é britânico. Escocês, talvez?

– Sirena não te falou? Eu sou o seu teste.

– Johnny Drone?

– Em pessoa. Ou melhor, em software.

– Onde você está?

– Here, there, everywhere. Se eu te disser, terei que matá-lo. – E dá uma risada tão forçada que parece eletrônica.

– Você é uma LIA, certo?

– Não me ofenda, moleque. LIA é a puta que te pariu. Eu sou um constructo baseado na mente de um humano. E um humano que você conheceu. Não lembra da minha voz?

Putaqueapariu, Raitek lembra.

McCoy Culkin.

– Não sabia que você tinha morrido, McCoy.

– Acontece nas melhores famílias. Mas graças aos milagres da moderna tecnologia, McCoy morreu mas passa bem. Eu sou outra entidade, com as memórias dele. Call me Johnny, you hi-tech freak.

Raitek se lembra dos meses tenebrosos que tinha passado em Glasgow para estudar com Culkin. Levou porrada de tudo quanto foi lado. Negro, gordo e do terceiro mundo? Go home, monkey, you don't belong here. McCoy Culkin foi o único que lhe deu apoio – com os punhos, inclusive, quando precisou dar um cacete num ex-aluno babaca. Mas ele cobrou um preço pesado do novo aluno brasileiro. Chamá-lo de freak era até suave, mas pelo menos ele pronunciava seu nome como se devia, ao contrário dos demais brits que simplesmente fingiam não entender.

– É um prazer te rever, mesmo que em silício, velho brocha.

– Silício não brocha, rapaz. Eu gozo dígitos agora. E cago zero-uns pra você. Vamos ao que interessa: está vendo à caixa à sua frente?

Há um caixote de madeira enorme à frente de Raitek. Em cima, algo que ele não consegue enxergar por conta da pouca luminosidade do ambiente.

– Chega mais, rapaz.

Ele se aproxima, devagar, como se o objeto em cima da caixa pudesse explodir ou saltar para lhe dar um bote.

É um estojo preto.

– Pode abrir, não vai te morder.

Raitek abre sem susto. Agora ele já sabe o que é.

Um par de óculos escuros o encara de dentro do estojo. Modelo TN-23, o mais recente da Toshiba-Novartis. E vem junto com um frasco pequeno contendo um líquido azul.

Um inalador de MentEx.

Raitek coloca de volta o frasco e pega os óculos.

– Nananinanão. Nope. No way, José – diz a voz desencarnada do constructo escocês. – Pegue o frasco.

– Você sabe que eu não uso.

– Aqui vai ter que usar. Quero você com toda sua potência.

Raitek respira fundo e levanta a cabeça. Olha ao redor. Certamente tem mais alguém observando. Se ele está sendo testado, significa que Kátia, Higgins e as sereias todas estão em algum lugar ali fora o vendo passar vergonha.

Raitek detesta passar vergonha.

Mas não há outro jeito. Melhor engolir o orgulho.

Coloca os óculos. Pega o frasco e leva a tampa à narina esquerda. Pressiona a outra ponta. O jato penetra seu cérebro como uma agulha finíssima de gelo.

O líquido atua como um contraste, imediatamente ativando os óculos de realidade virtual. As lentes escuras vão ficando

acinzentadas, e um lento e estiloso fade in vai embranquecendo as beiradas da visão de Raitek. Formas começam a se congelar diante de seus olhos, formas que ele sabe que não existiam naquele porão de carga, mas que provavelmente existiam em algum outro lugar físico, além dos zeros e uns renderizados por Johnny Drone.

O cenário que finalmente aparece é simples: um salão comprido, ladeado por diversos bustos absolutamente idênticos, que vai dar numa porta de aço, semelhante a uma comporta, mas com um fecho diferente.

Um cofre-forte.

Um muzak antiquíssimo toca ao fundo, tão baixo que seus ouvidos quase não registram. Ele para alguns segundos, fecha os olhos e respira fundo. Quando abre os olhos, tudo continua ali.

Raitek caminha – devagar, porque esse tipo de equipamento não tem interface háptica e ele pode esbarrar em objetos no mundo real, o que destruiria a imersão – e se aproxima da fileira da esquerda. De fato, os bustos ali são todos iguais: impressões em mármore da cabeça e dos ombros de Ludwig van Beethoven. É o mesmo modelo que aparecia numa série arcaica de televisão que ele vira junto com o pai quando criança. Ele começa a andar mais devagar ainda de uma estatueta para a seguinte, procurando qualquer discrepância, por menor que seja.

– Três minutos – a voz de Johhny Drone soa nos seus ouvidos.

– Você não disse que esse teste era time-sensitive.

– E de quem é esse problema?

Filho da puta. Típico de McCoy.

Não adianta reclamar. Durante sua estada em Glasgow, Raitek

viu muito hacker bom se estrepar reclamando do tempo para resolução dos puzzles. Cada reclamação custava um minuto. Quando os primeiros começaram a ser expulsos do curso, os restantes aprenderam a calar a boca e cair dentro.

É o que Raitek faz agora. Ele examina de uma ponta a outra os seis bustos da esquerda (todos realmente idênticos, dos cabelos revoltos do alemão surdo à pequena e realística rachadura no seu pescoço), e em seguida faz a mesma coisa nos seis da direita. Enquanto examina, vai repassando em sua mente as pequenas informações: por que seis, e não outro número qualquer? O que isso significa? E, já que estamos falando de bustos, por que Beethoven, e não Sócrates, por exemplo? Qual o significado oculto?

– Dois minutos.

Filho da puta, Raitek pensou novamente mas não subvocalizou. Se fizesse isso teria apenas um minuto para resolver o puzzle. Ou menos.

Gasta apenas dez segundos para lembrar de uma das lições fundamentais de McCoy: "Semiótica é importante, mas às vezes a solução é bem mais simples e envolve lembrar de uma única informação dentro do contexto adequado. O bom memorista *É* sua memória. Não esqueça. Nem disso nem de nada mais."

Raitek volta ao primeiro busto da esquerda. Coloca a mão na cabeça do Beethoven ali e a empurra para trás. Conforme ele lembrava da série antiga do Batman, ela se abre na suposta rachadura, que é na verdade a dobradiça de uma tampa, e revela um botão vermelho. Aperta o botão.

E nada acontece.

Ele precisa fazer a mesma coisa com todos os demais onze bustos até que finalmente, no último – *claro*, ele pensa entediado – a porta do cofre-forte se abre, revelando uma caixa semelhante à que ele tinha visto no porão de carga, com um estojo igual em cima dela.

– Esse foi mole – Johnny Drone fala com ar de deboche. – Vamos para o próximo.

◆

São mais quatro testes, de complexidade crescente, envolvendo diversos cenários semelhantes, entre os quais uma biblioteca, uma sala de reuniões e um quarto com luz negra digno de um puteiro da pior espécie. Raitek soluciona todos dentro do tempo determinado por Johhny Drone. Ao fim do quarto, sem aviso, fica tudo escuro.

– Pode tirar os óculos, rapaz – diz o constructo escocês. – A brincadeira acabou por hoje.

– Você tem razão – diz Raitek, tirando os óculos e piscando várias vezes para acostumar os olhos à claridade do porão de carga. – Isso foi só uma brincadeira, né? Esses puzzles foram muito fáceis. Vai ser bem diferente quando chegar a hora.

– Treino é treino, jogo é jogo – diz uma outra voz. Então Raitek se vira e vê que agora há uma plateia ali. Kátia, Uiara e Sirena, e mais outras três que ele não conhece, todas de pele azul.

– Não estou gostando – diz a dona da voz, uma das desconhecidas. É a mais alta de todas e ostenta uma careca reluzente. Leva uma das mãos ao queixo e Raitek percebe que ela tem nadadeiras entre os dedos.

– Do quê, exatamente? – ele pergunta. Os dois segundos de silêncio constrangedor que se seguem lhe dizem com toda clareza que ele acaba de interpelar a líder do grupo, e pelo jeito ela não gosta de ser interpelada.

– Você não parece ter a competência necessária para essa missão – ela responde com a tranquilidade de quem sempre tem razão.

– Ele é o melhor memorista do país e um dos cinco melhores do mundo, Jaciara – Kátia vai em seu socorro.

– Eu conheço o currículo dele – Jaciara responde, sem tirar os olhos de Raitek. – Mas isso foi antes.

Raitek fica ali parado, impassível. Normalmente ele sentiria um incômodo imenso em estar na berlinda daquele jeito, mas está incrivelmente calmo. Efeito do MentEx e ele sabe. A maldita droga é sensacional, ele tem que admitir, mas o preço que ela cobra é alto demais e ele não está disposto a usá-la nem um minuto além do estritamente necessário.

> ***MentEx (fármaco):*** *criada pelos Laboratórios Wells-Kodama em 2114, essa smart drug acelera o raciocínio e faz com que seu usuário tenha uma percepção mais aguçada do ambiente ao redor. Amplia a capacidade de foco, o que a tornou o medicamento mais utilizado entre pessoas com TDAH em 127 países. O uso prolongado pode provocar surtos psicóticos.*

Raitek não é psicótico, mas seu diagnóstico de TEA implica numa possibilidade de "pequenos episódios paranoicos que podem perfeitamente ser administrados sem medicação", nas palavras de sua ex-psiquiatra. Mas uma medicação que pode levar a surtos psicóticos abre uma possibilidade que ele definitivamente não tem interesse em experimentar.

Por exemplo, durante os poucos segundos desse começo de diálogo, Raitek pensa em todas os possíveis caminhos para onde essa conversa pode levar. De afagos e beijos literais (uma possibilidade bastante irreal) até sair na porrada (outra não exatamente irreal, mas bastante improvável e nem um pouco recomendável). De uma troca educada porém negativa, que o levaria dali direto para São Paulo e o fim do contrato, e que provavelmente o levaria ao mesmo beco sem saída cerebral de antes. Raitek está quimicamente calmo, mas seu racional não consegue aceitar isso.

– Constructos não são perfeitos, você sabe – ele diz, e, olhando para o teto: – *No offense.*

– *None taken, wanker* – Johnny Drone responde.

– E o que você sugere? – Jaciara pergunta a Raitek.

– Eu poderia maravilhar vocês com minha memória eidética – ele diz –, mas ter uma memória absolutamente impecável é obrigação de um memorista. Se você quer mesmo saber, eu também não estou satisfeito.

– Acha que é possível preparar outro teste? – Kátia pergunta a ele.

– Sim. Mas isso não vai convencê-la – acena com a cabeça para Jaciara, que continua olhando para ele com ar de superioridade.

– E o que vai me convencer? – ela pergunta.

– Nada – ele diz. – Sua decisão já está tomada. Vocês estão me contratando porque ninguém mais aceitaria. Penetrar no palácio do Aquaman é suicídio, e vocês querem alguém que tenha ideações suicidas suficientes para achar que não tem mais nada a perder. Eu diria que além disso, mas não dá pra saber com certeza apenas pelo seu gestual e pelo tom de voz, que vocês têm um plano B, e talvez até um C, mas provavelmente vão acabar em tiro, porrada e muita bomba, que é algo que vocês não estão dispostas a arriscar porque, ao contrário de mim, vocês todas têm muito amor à vida.

– E eu estou errada? – ela dá um sorriso de canto de boca.

– Nem um pouco. Eu sou o homem que vocês procuram.

– É – ela volta a ficar séria. – Pode ser que sim.

◆

Não é que Raitek tenha ideações suicidas. Não com frequência. Ele só tentou o suicídio uma vez. Mas disso ele não quer se lembrar.

Não foi agradável. Ele procurou uma psiquiatra no dia seguinte.

Raitek tinha dezenove anos e ainda não sabia que era autista.

– Na verdade – disse sua psiquiatra depois de algumas consultas e testes – tudo indica que você tenha Transtorno Opositivo Desafiador.

Antes que ela pudesse falar mais, Raitek já tinha sacado seu celular e consultado a Colmeia®:

> ***Transtorno Opositivo Desafiador (transtorno mental):*** *O transtorno opositivo desafiador (TOD) geralmente começa a se manifestar durante a infância, normalmente entre os seis e os doze anos de idade. A criança que tem TOD apresenta comportamentos caracterizados por agressividade, raiva, desobediência, provocação e ressentimento. É comum associar o TOD ao TDAH, o que é verdade em pelo menos 50% dos casos. Alguns dos critérios...*

– Eu não tenho TDAH – Raitek disse na hora.

– Concordo – a psiquiatra disse. – Uma coisa não leva necessariamente à outra.

– E aonde isso me leva?

– Aonde você quer que isso te leve?

– A qualquer lugar que não seja o suicídio.

– É um bom começo.

Raitek também achou um bom começo. Que teve um meio e infelizmente um fim. Ele não fala mais a respeito disso com ninguém. A única recordação que ele traz daqueles tempos menos turbulentos é uma tatuagem, que ele não mostra para qualquer pessoa.

◆

– Você já sabe parte do plano – ela diz. – O cenário dos testes que o Johnny Drone elaborou para você é o mais próximo possível do que conhecemos da mansão do Aquaman.

– É uma informação confiável? – ele pergunta.

– Pessoas morreram para obter a planta da mansão. Eu diria que é sim uma informação confiável.

– E como eu vou acessar o palácio sem uma LIA?

– Nós vamos levar você lá – Sirena diz. Raitek percebe uma certa empolgação nas palavras dela.

– Só tem um problema – ele diz. – Eu não sei nadar.

Sirena dá uma gargalhada. Jaciara fuzila a outra com o olhar.

– Isso não é problema – ela diz. – Nós vamos levar você em segurança até lá.

– O resto, naturalmente, é comigo.

– O resto, naturalmente, é com você. Mas como eu disse, nós damos o suporte logístico e, caso seja necessário, armamentista. Você não precisa se preocupar com isso.

– Eu diria que preciso.

– Não precisa. Quanto menos você souber, melhor.

– Caso eu seja apanhado.

– Caso você seja apanhado.

– E o que devo pegar do cofre?

– Uma informação.

– Que informação?

– Você não precisa saber.

– E como vou reconhecê-la?

– Ela vai reconhecer você – é Kátia quem responde.

– Como assim?

– Lembra do procedimento em Bangkok?

– Onde vocês me injetaram com aquelas *smart drugs* de RNA e fizeram com que eu precisasse usar isto aqui? – apontou para a máscara que, honestamente, ele estava desesperado para arrancar. – Como eu poderia esquecer?

Jaciara dá de ombros.

– Você não precisa usar essa máscara.

– Como é?

– Não faz diferença. – E, para Kátia: – Você não contou a ele?

– Contou o quê? – Raitek começa a suar frio.

– Que a informação está codificada num retrovírus e precisa de um vetor para ser decodificada.

– E o que eu tenho a ver com isso?

– O procedimento pelo qual você passou foi para colocar o vetor em você.

– Como assim? – agora Raitek está irritado com os segredos e mais irritado ainda por ser tão repetitivo. Mas sabe que não tem escolha.

– O motivo pelo qual você emagreceu é que implantamos um parasita no seu intestino delgado – Kátia explica. – Ele é inteiramente inofensivo...

– É até bom, emagrece – Jaciara observa.

Agora Raitek está puto.

– Eu. Não. Quero. Emagrecer.

– Paciência, isso faz parte dos efeitos colaterais. Mas assim que seu corpo absorver a informação e o parasita absorvê-la, nós vamos lhe dar uma medicação para você expelir o bicho. E aí você poderá voltar a engordar o quanto quiser.

– E quem disse a você que eu quero engolir essa porra dessa informação? – ele se vira para Kátia, dedo em riste. – Eu não aceitei o trabalho para isso.

Kátia faz cara de paisagem.

– O trabalho tem seus contratempos, mas existe uma vantagem.

– E qual é essa vantagem?

– O retrovírus vai curar seu sistema imunológico. Definitivamente.

Ele respira fundo.

– Entendi. Se eu não topar o trabalho, eu vou ter que ficar com esta merda para sempre.

– Para sempre não – diz Jaciara. – Ela ainda não te contou tudo. Essa cybergiárdia na sua barriga foi geneticamente modificada. Se ela não absorver a proteína do retrovírus em mais alguns dias, vai provocar uma reação em cadeia bastante chata.

– Chata como?

– Já ouviu falar em cólera?

Raitek respira fundo. Ele não estava acreditando em como tinha sido imbecil.

O desespero faz qualquer um emburrecer.

Raitek sente uma súbita vontade de vomitar. E junto com essa sensação desagradável, uma fome imensa.

– Você deve estar subindo pelas paredes de fome, não é, rapaz? – diz o constructo.

Raitek pensa em mandar o fantasma do escocês tomar no cu, mas, além de isso não fazer o menor sentido com uma entidade cibernética, não é hora de destempero. Ele precisa estar minimamente equilibrado para efetuar o serviço. Porque é óbvio que ele não vai recuar.

– Bom, tudo bem. Temos mais ou menos uma semana, não é isso?

– Puta que pariu – solta Jaciara, e desta vez ela não segura nem um pouco o emputecimento. Olha para Uiara e depois para Kátia com cara (segundo Raitek) de quem perdeu a pouca confiança que tinha nelas. – Você também não disse a ele?

– *Don't shoot the messenger* – Kátia solta. – Só fiquei sabendo disso hoje.

Jaciara se vira novamente para Raitek. – Vai ser daqui a dois dias.

Raitek odeia *smart drugs* com toda a intensidade do seu ser, mas nesse momento agradece aos seus mestres digitais ascensionados, aos orixás, enfim, ao universo, por ter uma dose de MentEx ainda acelerando o seu cérebro. Ele faz um cálculo mental improvisado, criando um cronograma de guerrilha do tipo que aprendeu com Sheryl Lock em Londres. Fecha os olhos e cria uma senha de recuperação. Mais tarde, quando estiver sozinho, Raitek vai resgatar a planilha mental que acaba de criar e repassar tudo.

Mas agora ele precisa realmente descansar.

Acerta com Jaciara e Kátia que voltará à Barcaça no dia seguinte bem cedo para treinar mais. Então Sirena se aproxima.

– Vem, vou te levar de volta – ela diz.

No meio do labirinto, eles passam por uma junção que Raitek não reconhece.

– Desvio estratégico. Vamos comer alguma coisa, você está precisando.

Raitek não tem como discordar.

– Que horas são? – pergunta.

– Uma e cinco da manhã. Vai um gin tônica?

Raitek abre a boca para dizer *não bebo*, mas percebe que estaria sendo muito hipócrita. De fato, ele estava há muito tempo sem beber. Mas esse puta calor do caralho, somado ao treinamento cansativo, estava lhe dando uma sede...

– Eu não devia te dizer... – ele diz.

– O quê?

Raitek sorri.

– Mas essa Lua, mas esse conhaque, botam a gente comovido como o diabo.

Ela parou.

– Que lua? Que conhaque? – e de repente, como se a resposta lhe tivesse caído na cabeça, Sirena começa a rir. – Eu conheço esse poema! Achava que só eu conhecia Drummond. – Os olhos dela se iluminam. – Você já visitou a estátua dele?

Os olhos dele quase se arregalam. – Não. Como eu disse antes, não sei nadar, lembra?

Ela sorri encantada. – Isso não vai ser problema. Vou te levar lá.

– Agora?

– Claro que não, né? Agora a gente bebe.

◆

O sub de Sirena é pequeno mas incrivelmente cheio de coisas. Numa olhada de relance Raitek identifica uma pequena estante cheia de revistas muito antigas e razoavelmente intocadas, uma nanocozinha com fusion oven e vários outros utensílios, um frigobar com um pinguim de porcelana vintage usando uma boina guerrilheira mais vintage ainda, e no centro da sala um pequeno holopit em modo de repouso, o anel central pulsando em diversas cores de neon. Ela faz um gesto para que ele sente no sofá-cama roxo encostado na outra parede.

– Vocês podem beber álcool? – ele pergunta quando ela traz o copo transbordando e trincando de gelado.

– Podemos. Por quê?

– Imaginei que os procedimentos pelos quais vocês passaram fossem tornar isso mais complicado.

– Ah, não funciona mais assim. Não precisamos mais adaptar a flora intestinal. Quer dizer, até podemos, mas isso se você quer viver indefinidamente embaixo d'água.

– Não é o seu caso?

Ela ri e toma um gole de gim.

– Não mesmo. Eu gosto do meu cibridismo. E por falar nisso, gostei do que você falou lá atrás.

Raitek franze a testa.

– Eu falei coisa pra caralho...

Ela dá outra gargalhada gostosa. Raitek acha bonito.

– Verdade. Mas eu gostei particularmente quando você peitou a Jaciara e falou que não queria emagrecer. Me identifico.

– Eu me sinto bem com meu corpo. O problema era minha cabeça.

– Como é isso?

– Isso o quê? Minha cabeça?

– Ter uma memória perfeita.?

Raitek dá de ombros.

– Não sei. Acho que nasci assim. Só me senti mal quando deixei de ter essa memória. Foram meses muito difíceis.

– Desculpe. Não queria me intrometer.

– Tudo bem, não é problema nenhum. Eu também tenho curiosidade sobre sereias.

– O que você quer saber?

– Tudo o que você quiser me contar.

– Bom, é muita coisa pra contar de uma vez só. Você pretende ficar por aqui depois do trabalho?

– Talvez. Eu tenho uns assuntos pendentes pra resolver.

– Legal. Quer dormir aqui?

– Com você?

Sirena franze a testa.

– Algum problema?

– Nenhum. É que eu vou ter que acordar cedo.

– Eu acordo muito cedo. Pode deixar que eu te desperto.

Então, como se obedecessem a uma deixa teatral, cada um coloca seu copo em cima da mesinha minúscula de centro. E se atracam num abraço voraz. Quando se dão conta, as roupas quase todas já estão no chão. Sirena olha para o peito de Raitek e vê ali a tatuagem.

– O que significa? – ela aponta para o ponto-e-vírgula pequenos, exatamente em cima do coração.

– Significa “sua história não acaba aqui”. – E neste instante ele tem medo de que, entendendo, ela se afaste e não o queira mais.

Não é o que acontece. Depois de um beijo incrivelmente longo e salgado, Sirena afasta o rosto e olha para Raitek ofegante, mas com muita seriedade.

– Não sei se você percebeu, mas nem todas nós somos trans apenas na questão aquática.

Delicadamente, ele enfia a mão dentro da calcinha dela.

– Eu percebi.

E o beijo é ainda mais voraz desta vez.

Parte três
A missão

6

Memorista ou* memory hacker *(profissão) – *profissional especializado em memory hacking. Memoristas costumam ser pessoas com memória eidética ou fotográfica, natural ou ampliada por auxílio neuroquímico. Atuam principalmente na criação, proteção e eventualmente em ataques a Palácios da Memória.*

Memory hacking (atividade) – *Um memory hacker é uma pessoa especializada em tecnologia da informação que usa seus conhecimentos técnicos aliados à sua memória eidética ou fotográfica para atingir um objetivo ou superar um obstáculo, por meios heterodoxos, dentro de um Palácio da Memória digital.*

No dia seguinte, Raitek chega relaxado à Barcaça. Antes de dormir – de conchinha com Sirena, uma sensação boa como há muito tempo ele não tinha –, fechou os olhos, respirou fundo e subvocalizou a senha de recuperação. No mesmo instante a planilha com o cronograma de guerrilha apareceu límpida em sua mente.

Acordou, tomou banho e conversou animadamente com Sirena enquanto preparava em modo de processamento paralelo três modelos diferentes de testes para propor a Johnny Drone. Estava com saudades de fazer multitasking.

Mas o seu esforço não faz a menor diferença para o maldito constructo escocês. Raitek acaba passando a manhã dentro de um labirinto de testes mais elaborados ainda, todos com cenários bastante semelhantes aos da véspera, mas com pequenas diferenças: – Leve sempre em conta as variações – a voz cibernética repetia no seu ouvido a todo instante. – Cuidado com a mente rígida.

Raitek respira fundo. Sua primeira reação é a de abrir a boca para bater de frente com ele, mas a observação não tem nada de errado. Sua mente funciona mesmo com padrões muito rígidos, e torná-los mais flexíveis é o trabalho de uma vida inteira. Agora ele volta a lembrar perfeitamente das palavras de McCoy (o original) em Glasgow: "Nós autistas tendemos a ter uma visão muito precisa e determinada do mundo. Determinista, na verdade. Ela não admite correções de percurso. E isso é fundamental para construir uma mente perfeita em termos de foco. Mentes perfeitas criam palácios perfeitos.

"Mas até mesmo palácios desabam com a ação do tempo. A primeira reação do memorista é tentar reforçar a estrutura de seu palácio para que ele não desabe. Mas isso apenas faz com que o fim demore um pouco mais a chegar.

"Só que a dor é inevitável. O sofrimento, entretanto, é opcional."

A última frase não era de autoria dele. Raitek já lera vários livros em que ela aparecia, de maratonistas a escritores japoneses a monges budistas, mas saber quem era o autor não era tão importante. A frase era absolutamente verdadeira. Ele sabia disso por experiência própria.

"Como evitar o sofrimento?", McCoy continuou sua palestra.

"Adaptando-se. Aceitando a destruição e, o mais importante, remodelando o palácio. Só isso garante uma sobrevida saudável para o palácio e a mente do memorista."

Segundo a Colmeia®:

Palácio da Memória (constructo mental): *também conhecido como Método de Loci (do latim* locus, *lugar), é uma técnica mnemônica que depende de relações espaciais memorizadas para estabelecer, ordenar e recoletar conteúdo memorial. Baseia-se em criar um lugar imaginário, que pode ser construído inspirado em um lugar familiar ou um lugar imaginário totalmente fictício, ou combinando ambas as coisas. Essa técnica já era conhecida dos gregos e romanos, tendo sido mencionada em tratados retóricos como o* Rhetorica ad Herennium, De Oratore, *de Cícero, e* Institutio Oratoria, *de Quintiliano. A* Rhetorica ad Herennium *recomenda que o método de loci seja integrado a outras formas de codificação elaborativa (por exemplo, detalhes auditivos e olfativos) para reforçar a memória. Memoristas costumam recorrer a múltiplas formas de codificação elaborativa na construção de Palácios da Memória digitais.*

Raitek lembra de uma de suas primeiras missões, em um palácio na Costa Amalfitana, na Itália. Ele e McCoy tinham se hospedado numa pousada na cidadezinha costeira de Maiori e de lá pegaram uma pequena barca para Amalfi. Alta temporada, costa repleta de turistas – mas não poderia ser feito de outra maneira. Seria muito perigoso irem em outra estação; nenhum dos dois sabia falar italiano e eles não conseguiriam passar por nativos. Quando Raitek disse que iria estudar italiano de modo intensivo para conseguir falar minimamente, McCoy pagou-lhe um esporro:

– Não gaste sua mente com desvios de rota, rapaz. Você vai precisar dela intacta quando chegar a hora.

Raitek concordou – mas só da boca pra fora. Aproveitou todo o pouco tempo livre que tinha ainda em Glasgow para estudar tudo o que pôde da língua de Dante.

Quando chegaram à Itália, Raitek conseguiu falar mal e porcamente um italiano mequetrefe com os garçons, muitos dos quais insistiam em falar em inglês com ele. McCoy ficava olhando para ele desconfiado, mas não dizia nada.

E enfim chegou o momento da invasão.

O palácio ficava num palazzo. Mas a palavra *palazzo* em italiano significa apenas prédio de apartamentos. O prédio em questão era um lugar xexelento pelo qual ninguém daria um euro furado. Mas o exterior não era importante.

Um Palácio da Memória não se constrói somente dentro de uma estrutura gigante. Na verdade, o primeiro exemplo de palácio da memória de que se tem notícia é a história de Simonides de Ceos. Um dos maiores poetas gregos – e o primeiro poeta a viver de sua poesia e ganhar dinheiro com ela, o que o torna uma figura ainda mais respeitada pelos *memory hackers* –, Simonides foi contratado para declamar os dotes atléticos de um pugilista vencedor de um campeonato em Siracusa (não muito longe de onde Raitek estava, aliás), e, durante o banquete em homenagem ao atleta, precisou se ausentar por alguns minutos. Justo no momento em que estava fora, o salão onde os convidados comiam desabou. Os corpos ficaram tão desfigurados que nem os próprios parentes conseguiram reconhecê-los, mas Simonides tinha uma memória tão boa que foi capaz de identificar cada um pela posição que havia ocupado à mesa.

Esse é o chamado Método de Loci, ou método dos locais. Esse método depende de se memorizar as relações espaciais e atribuir determinados valores a elas. É apenas um de muitos que um bom *memory hacker* deve usar, mas normalmente é o primeiro tipo de método ensinado. Raitek aprendeu rapidamente a memorizar sequências inteiras de números e objetos atribuindo essas *strings* de dados a determinados objetos que criava em ambientes inteiramente inventados dentro de sua cabeça. Não era necessário se basear em lugares reais, mas era algo que seus instrutores também costumavam fazer. McCoy gostava de espaços amplos, e aproveitava as saídas para exercitar Raitek.

Uma coisa importante a respeito de memória eidética: a pessoa não consegue esquecer absolutamente nada – mas ela nem sempre é capaz de resgatar os detalhes da memória na hora e do jeito que quer. Uma vivência mal aproveitada pode estragar todo o processo. Como no caso em questão.

Antes de começarem, ainda na pousada em Maiori, McCoy repassou pela última vez o plano:

– Listen, boy: assim que descermos da barca, vamos direto até a Piazza del Duomo. Você vai subir a escadaria da Catedral de Amalfi até quase o fim e ficar ali recostado como se estivesse navegando pela Colmeia®.

– E se alguém me pedir pra levantar?

– Não vai acontecer. A polícia só faz isso na Piazza di Spagna em Roma. Amalfi é uma bagunça, cheio de turistas o tempo todo no verão, os amalfitanos não são bestas de afastar quem paga o macarrão deles. Está prestando atenção, boy?

– Yep.

– Molto bene. Seguinte: assim que a conexão estiver ativa, eu vou subir a Via Lorenzo D'Amalfi até chegar ao palazzo. Vou entrar e pedir para ver o apartamento do último andar que está à venda. Quando eu der o sinal, você acessa o palácio virtual.

Era um sistema complexo. Eles não só tinham que se desvencilhar da eterna vigilância das LIAs que compunham a Colmeia® como precisavam estar fisicamente próximos do servidor que continha o palácio da memória virtual. Para resolver o primeiro problema, McCoy Culkin tinha uma chave criptográfica quântica; bastava ativá-la e eles podiam navegar pela virtualidade por até quinze minutos sem ter medo de serem encontrados. Já a proximidade física era mais perigosa, dependendo do nível de segurança do palácio da memória.

Os palácios da memória virtuais foram inventados por designers italianos na virada do século. Elegância renascentista aliada à alta tecnologia chinesa resultou em espaços virtuais imersivos que o memory hacker podia percorrer – e muitas vezes com puzzles que deveriam ser solucionados para se conseguir entrar num nível determinado. A maioria dos puzzles era razoavelmente simples, meras pegadinhas às quais Culkin e sua trupe estavam mais do que acostumados. Ocasionalmente, entretanto, os enigmas eram mais sofisticados – e perigosos.

Existe uma lenda urbana que cerca os palácios da memória virtuais, segundo a qual alguns puzzles são mortíferos. Isso não é verdade: nenhum puzzle no espaço virtual pode matar um memory hacker.

Mas os vírus que alguns deles contêm podem.

Durante seu tempo com Culkin em Glasgow, Raitek viu isso acontecer com um dos hackers mais promissores da turma. Michel, cujo sobrenome ele nunca soube porque sempre o chamavam de Francês, agonizou dois dias com o vírus Carmilla, que provocou um surto devastador de lúpus eritematoso sistêmico e o fez sangrar por todos os orifícios no fim. Nesse dia, Raitek pensou em desistir. Mas para onde iria? Sua memória era seu bem mais precioso, e ele não conseguia se imaginar fazendo outra coisa. Então continuou lá.

E agora eles estavam ali. Segundo o próprio Culkin, era uma espécie de formatura informal. Um Trabalho de Conclusão de Curso, como se dizia no século passado. E que ele tinha total competência para realizar.

Se não tivesse passado tempo demais estudando italiano.

Tudo saiu conforme o planejado até que Culkin deu o sinal verde. Então, como quem não estava nem aí pra nada, Raitek sacou do bolso da jaqueta seu par de óculos de Realidade Aumentada ARmani(tm), respirou fundo e abriu o palácio da memória.

E se perdeu.

Era um constructo labiríntico, mas até aí não diferia em nada de muitos outros que ele havia percorrido em dezenas de exercícios. O problema era usar o Método de Loci. Nada do que ele havia tentado memorizar antes vinha à sua cabeça. Só o que aparecia eram palavras e expressões soltas em italiano. *Scostumato, mascalzone, putana; si non è vero, è ben trovato; lasciate ogni speranza voi ch'entrate!* E, assim como esta última frase, que ficava na entrada do inferno de Dante, Raitek abandonou toda a esperança de entrar no palácio e pegar seus segredos.

Desconectou e saiu dali o mais rápido que pôde. Mandou um sinal para Culkin e se pirulitou até o cais pra esperar a próxima barca. Frustrado e humilhado.

Foi a primeira vez que isso aconteceu.

– *Very well, boy* – a voz desencarnada do constructo o traz ao tempo presente. – Vamos lá.

E, se depender de Raitek, a última.

◆

No fim do dia, não há ninguém lá além dele próprio. Cansado e com dor de cabeça, ele volta sozinho. Não precisa mesmo de ninguém que o guie: ele sabe o caminho muito bem.

Mas quando chega à porta do seu submarino, Kátia está lá, esperando.

– Você tem meia hora pra descansar – ela diz na lata. – Depois temos que ir.

– Pra onde?

Ela levanta uma sobrancelha.

– De novo essa merda? Mas a festa não era amanhã?

– Recebemos uma dica. Inside information. Se arrume que eu venho em trinta... não, vinte e nove minutos. Se o insider for apanhado antes disso, estamos fodidos.

Raitek não diz mais nada. Entra correndo no banheiro e toma

uma ducha rápida. Precisa jogar uma água no corpo para tirar o suor e tentar relaxar a musculatura. Sai razoavelmente relaxado, embora sinta a vista um pouco enevoada. Efeito colateral do procedimento, do MentEx (que teve de tomar mais uma vez no começo do dia) ou simplesmente exaustão? Não sabia dizer e francamente não lhe interessava.

Saiu do chuveiro, se enxugou e se vestiu. Seguiu as instruções das sereias e colocou um short e uma camiseta folgada. Colocou uma sapatilha, mas ao abrir a porta Kátia olha para baixo e balança a cabeça em negativa.

– Venha descalço. Para onde você vai, não precisa de sapatos.

7

A preparação começa durante o percurso até a Barcaça. Raitek segue atrás de Kátia em silêncio, respirando fundo, semicerrando os olhos e apagando tudo da sua mente, focando apenas no som da respiração. O *zoning out* era uma técnica particular sua, criada com a ajuda de Bobby McGee em Seattle e desenvolvida ao longo de anos de atividade. Consistia em fazer exatamente o oposto do hiperfoco: apagar todo e qualquer foco em qualquer coisa, deixar de pensar em absolutamente tudo. Quase uma meditação, embora não fosse bem o caso.

– Na meditação – ele explicou um dia para McCoy, que não tinha conseguido entender o conceito – você aceita o que vier.

– E no *zoning out*?

– Eu não deixo que os pensamentos venham. Eu os expulso.

Subitamente eles chegam à Barcaça, e ele tem certeza de que não usaram nenhum dos caminhos anteriores. Com os sentidos ampliados, ele começa a perceber outra coisa. Um cheiro acre de combustível.

– Não estamos mais no mesmo lugar, certo?

Kátia sorri.

– Garoto esperto – ela diz com um sotaque incrivelmente carioca. Ele percebe que o rosto dela agora exibe microexpressões bem diferentes daquelas com as quais ele se acostumou. E ela percebe que ele percebeu.

Então a ficha cai.

– Você é uma marionetista?

Agora ela dá um sorriso bem largo, de orelha a orelha.

– Não sou uma natural como você – ela responde – mas dou minhas cacetadas.

***Marionetista (profissão)** – profissional capaz de controlar processos eletrônicos, e eventualmente indivíduos, a distância por intermédio de implantes cerebrais e smart drugs. Nascida na Novorossiya após a destruição de Kiev, essa profissão atualmente é ilegal e sua utilização está banida em todo o planeta.*

Uma característica (ou talvez seja melhor classificar como *efeito colateral*) dos marionetistas que a Colmeia® não explica é a capacidade de trocar de personalidade como uma pessoa esquizofrênica. Mas normalmente os marionetistas controlam o processo.

– E qual é o seu verdadeiro papel nisso, Kátia?

– Bom, eu não deveria dizer, mas já que estamos sozinhos aqui...

Raitek olha para o alto.

– Não se preocupe com o Johnny – ela diz. – Ele não pode nos ouvir. Eu garanto.

– Eu acredito.

– Acredite também nisso: não importa o que aconteça de agora em diante, eu estou do seu lado. *Comprende*? Meu papel nisso é, digamos, complexo. Não vou insultar a sua inteligência dizendo que você não entenderia; eu é que não tenho tempo de explicar tudo em detalhes agora. Mas posso te dizer uma coisa: vou ajudar a desbloquear o caminho para sua inserção.

Então as sereias chegam.

– Ainda está vestido? – Jaciara fala assim que entra.

– Como assim?

– Tire a roupa.

– Toda?

Sirena e outra sereia (Janaína, uma baixinha que parecia ser a mais jovem do grupo a julgar pela aparência e pela empolgação) se aproximam dele com latinhas de spray nas mãos.

– Não vai doer nada – Sirena diz com um sorriso amoroso.

– Eu acredito – Raitek retribui o sorriso.

Quando ele termina de tirar a roupa, Janaína pede que ele abaixe um pouco a cabeça e feche os olhos. Então ela aplica a espuma depiladora na sua cabeça. O penteado afro murcha e se desintegra na hora. Enquanto isso Sirena já está aplicando o spray de polímeros hidrofílicos no seu corpo.

– Nós vamos levar você conosco bem protegido – ela explica – mas precisamos fazer o percurso com leveza. Se você tiver que ficar um tempo sem respirar, essa camada de polímeros vai ajudar sua pele a filtrar o oxigênio da água.

Raitek resolve continuar com olhos e boca fechados até o fim da aplicação.

– Muito bem – Jaciara praticamente grita. – Está na hora. Todos sabem o que fazer. Temos dez minutos para chegar lá e, a partir do momento em que Kátia desativar as defesas do palácio externo, Raitek terá outros dez para penetrar no palácio digital e retirar a informação. Em seguida vocês se dirigirão para o ponto de encontro. Estaremos esperando vocês lá.

Raitek se vira para Kátia.

– Como você vai fazer isso? – pergunta, genuinamente interessado.

– Você vai ver – ela diz e, se voltando para Janaína: – Está pronta?

– Mais do que nunca – a pequena sereia parece que vai explodir de tanta excitação.

A transformação é gradual, mas não é lenta. Kátia se aproxima de Janaína e pega nas mãos dela. Fecham os olhos. Em poucos segundos, a expressão no rosto de Janaína muda completamente. Quando Janaína abre os olhos, não é mais ela que está no comando.

– Kátia? – Raitek pergunta para a sereia.

– Sim e não – Janaína responde com a própria voz. – É como se ela estivesse no banco do carona. Mas eu deixo ela pilotar – e dá um risinho sacana.

– Está boa a brincadeira? – Jaciara grita. – Vamos embora!

◆

A água não está tão gelada quanto Raitek achava que estaria. Ele supõe que seja alguma corrente quente, mas agora ele não tem acesso a nenhuma informação externa. Está embaixo d'água, profundamente indefeso e dependente de outras pessoas. Tudo que sua mente pode fazer agora é se concentrar em seguir as instruções direito para sobreviver.

Primeiro, ele se deixa prender à prancha de carga. É uma plataforma com cerca de dois metros de comprimento, semelhante a uma longboard, presa a um drone naval. Quem o prende é Sirena, que com rapidez e atenção prende seus pulsos a duas argolas na prancha com uma fita de velcro. Raitek sente um arrepio de tesão, mas deixa quieto, agora não é hora. Mas quando olha para ela para agradecer, percebe a mesma coisa no seu olhar.

Quando a comporta externa da Barcaça se abre, ele e as quatro sereias – todo o grupo com exceção de Jaciara e Flora, a piloto da nave – disparam na direção de Atlântida.

É um caminho em curva bem aberta, que vai do meio da Baía da Guanabara – mais ou menos na altura do antigo Posto Quatro – até a antiga Praia do Diabo, depois da Pedra do Arpoador, onde fica o palácio do Aquaman.

Raitek não sabe calcular a velocidade. Saberia instintivamente fazer isso se a medida fosse em quilômetros, mas na água o cálculo é feito em nós, e embaixo d'água não existem pontos de referência – pelo menos não para ele, pois as sereias disparam a uma velocidade impressionante à sua frente. Não, não só à sua frente; é muito difícil para ele conseguir visualizar algo na água que até é límpida mas fica turva com o deslocamento provocado pelo drone. Até onde ele sabe, e lhe disseram antes de partir, eles estão em formação de cunha, com duas sereias na frente, duas nas laterais e ele no centro.

As sensações que chegam até seu corpo são... inusitadas. Raitek não sabe dizer se isso é por causa dos procedimentos para recuperar suas habilidades ou se tem a ver exatamente com a camada de polímeros recobrindo sua pele, mas provavelmente é esta última: ele sente um frescor que não é bem uma sensação de frio, mas é como se ele tivesse engolido uma pastilha de mentol; não, como se ele tivesse esfregado uma pastilha de mentol no corpo inteiro. Mas isso também não é cem por cento preciso.

É como se ele fosse inteirinho uma pastilha de mentol. O corpo parece realmente respirar sem a ajuda de seus pulmões – mas isso também está garantido. Ele retirou a máscara de osmose e colocou imediatamente outra, feita especificamente para pesca submarina. Esse tipo de máscara retira o oxigênio da água sem que o usuário precise usar tanques, mas seu uso é de curta duração. Tempo mais que suficiente para todo o procedimento, Jaciara lhe garantiu. Além do mais, se a planta do lugar fornecida por Johnny Drone estivesse correta, a antessala para o Palácio da Memória digital estaria acima do nível do mar.

Por um instante, sua cabeça começa a trabalhar furiosamente em teorias conspiratórias: e se houver minas no perímetro da Atlântida? Lasers industriais ocultos entre as pedras? Qual é o nível de eficiência de um laser submarino? Raitek gostaria de ter as respostas para essas perguntas. Mas lembra do paradoxo da Costa Amalfitana: se tentar absorver mais informações do que o estritamente necessário para a missão, a chance de colocá-la em perigo é enorme. Melhor não.

De repente um tranco, e a água começa a clarear à sua frente. O drone parou.

Um toque no seu braço direito. Com certa dificuldade, ele vira o pescoço e vê Sirena, que faz um gesto para a frente. Ele torce o pescoço mais uma vez para conseguir ver à sua frente.

Uma comporta de metal no meio da rocha.

Chegamos, ele pensa, e o coração começa a disparar.

Há muito tempo ele não sente tanta emoção. É a hora da verdade.

Eles param a cerca de dez metros da comporta. Janaína avança sozinha, nadando até à direita da entrada. Ele consegue divisar algo que parece uma caixa. Um controle para abrir a comporta, talvez?

Provavelmente sim, porque mal ela põe a mão no negócio, a comporta começa a se abrir devagar. De repente estão todos parados, congelados a trinta metros de profundidade; as outras sereias se agarraram instintivamente ao drone para não serem levadas para longe pela corrente morna.

Nenhum sinal de alarme. Janaína se vira para o grupo e faz um gesto para que se aproximem. E entra pela comporta.

◆

Depois que a comporta fecha – ainda sem acionar nenhum alarme até onde eles sabem – a água desce e Raitek consegue ver melhor o interior do palácio. Ou pelo menos seu nível mais baixo.

O ambiente ali parece saído de um filme de James Bond. Um dos filmes clássicos, não a iteração mais recente da DisneyZon. Uma doca mal-iluminada, com mais cara de puteiro que aquele da Liberdade que ele frequentou no seu auge. Mas, a julgar pelo minisub atracado ali – que agora Raitek reconhece como um modelo militar israelense de ponta –, o tesão de Aquaman é pela morte.

Os governos cariocas são necropolíticos há mais de um século.

Raitek é puxado para a passarela do nível superior, com prancha e tudo. As sereias têm uma força incrível e uma delicadeza tão impressionante que apenas duas delas conseguem erguê-lo e colocá-lo no seco sem fazer um ruído sequer.

Silêncio é a palavra-chave ali; conforme o combinado, eles não falam nada. Uiara o solta e deixam a prancha onde está. Ele olha ao redor e rapidamente se localiza: aponta para o final da doca e uma porta de ferro na parede concretada. Como na comporta lá fora,

Janaína é novamente a primeira a se adiantar. Ao lado da porta, um teclado. Raitek se aproxima para examinar as teclas, e subitamente Sirena já está do seu lado, lançando um feixe de luz de seu bracelete para iluminá-las. Ele está procurando as teclas mais digitadas, e não custa muito para perceber que a senha tem seis algarismos, dos quais dois se repetem. Resta saber qual a ordem deles.

Ele respira fundo e faz uma primeira tentativa. Esse tipo de teclado mecânico retrô não costuma ter limite de digitação de senha, mas por segurança ele supõe que não deve passar de três tentativas.

Raitek também sabe que está tudo muito fácil, mas quando isso acontece é porque normalmente o Palácio da Memória é algo extremamente difícil.

Ele acerta a senha na segunda tentativa.

E entram no Palácio.

8

A sala é exatamente igual às simulações de Johnny Drone. As mesmas dimensões e os mesmos bustos de Beethoven enfileirados no caminho até a porta do cofre-forte.

Agora Raitek tem certeza de que aquilo é uma armadilha. Mas é tarde demais para recuar.

Uiara e outra sereia ficam de guarda na porta. Ele entra com Janaína e Sirena e começa a abrir os bustos e apertar todos os botões na ordem do primeiro exercício. A porta do cofre se abre diligentemente.

No interior, um pequeno pódio hexagonal com uma caixa preta em cima. Ele vai devagar até a caixa, com medo de acionar algum alarme, alguma célula fotoelétrica, e ser cortado ao meio por um fio de monofilamento molecular ou virar um São Sebastião cyber, crivado de lasers. Mas nada acontece.

Ele abre a caixa preta. Dentro, um inalador de plástico transparente com um líquido verde. Raitek sabe o que tem de fazer. Pega o frasco e leva a tampa à narina esquerda. Pressiona a outra ponta. O jato penetra seu cérebro como uma agulha finíssima de gelo.

Pisca. Uma, duas, três vezes.

E de repente não está mais no cofre.

Cada exercício pelo qual Johnny Drone o fez passar naqueles curtos dois dias envolvia um cenário diferente. O primeiro era o cofre físico onde a informação estava guardada. Os demais tinham a ver com partes diferentes da casa.

Agora ele está no terceiro cenário. Uma sala escura, toda revestida em painéis de madeira, com uma mesa de reuniões no meio, e numa das extremidades uma mesa de escritório vintage, com uma cadeira de espaldar alto. Com um homem sentado nela, olhando para um notebook de aparência antiga (mas provavelmente uma máquina quântica de primeira linha e aspecto retrô) e mexendo com algo que parecia ser um abridor de cartas.

Aquaman.

– Ele está aqui agora, Doutor Guilherme – diz uma voz atrás dele.

E então ele se dá conta de que a voz saiu de sua própria boca.

Ele olha para baixo. O terno e os sapatos não pertencem a ele. É uma simulação muito boa.

– Não é uma simulação, Raitek – diz a voz, com um tom sarcástico e, agora ele percebe, um forte sotaque de algum país norte-americano (a República Livre do Texas, talvez?).

Higgins.

– Kátia não é a única marionetista no jogo, rapaz – ele diz e volta a olhar para Aquaman, que sorri cinicamente. – Mas fique tranquilo que vai acabar tudo bem.

– Ele está sob controle? – Aquaman pergunta. – Está tudo certo mesmo?

– Certíssimo, Doutor Guilherme – Higgins o tranquiliza. – Ele vai ficar assim por mais alguns minutos, tempo suficiente para você mandar alguém lá embaixo e pegá-lo. Quer as sereias também?

– Não. A tecnologia que elas têm eu também tenho, e mais avançada. O que eu preciso mesmo é de um memory hacker. Você precisa delas pra alguma coisa? Senão eu mando o Hirota resolver.

– Também não. Pode mandar.

Raitek ouve tudo sem conseguir fazer nada. Não sabe dizer se o coração que ele sente quase arrebentando a caixa torácica é dele próprio ou de Higgins. Mas sabe que precisa fazer alguma coisa e já.

Respira fundo. Não consegue fechar os olhos, mas percebe que é possível entrecerrar os olhos de Higgins só um pouquinho. O *zoning out* ainda funciona, mesmo no corpo de outro.

Sem aviso, Higgins pula para a frente, toma o abridor de cartas da mão de Aquaman e esfaqueia o próprio pescoço.

◆

A partir daí, tudo fica nebuloso.

Raitek não sente dor alguma, mas talvez por saber que Higgins certamente está sentindo, começa a sentir uma crise de ansiedade gigante chegar como um tsunami. Seus olhos turvam, e aí ele não sabe mais dizer se são os olhos de Higgins que estão se turvando com a baixa violenta de pressão provocada pelo jorro de sangue da carótida ou se ele mesmo está tão nervoso que não consegue focar direito, e imediatamente percebe que isso é uma grossa babaquice, porque não são seus olhos de verdade, seus olhos estão...

Seus olhos estão...

Seus olhos estão onde mesmo?

A onda da crise bate violentamente e Raitek tem a mais absoluta certeza de que vai morrer junto com Higgins. O gringo tenta se apoiar no espaldar da cadeira mais próxima, mas seus dedos começam a perder a força, e os sapatos que antes eram tão perfeitamente engraxados começam a escorregar no sangue que vai empoçando no piso de mármore brega. Higgins tenta manter a cabeça erguida, mas está difícil, e os movimentos para cima e para baixo estão começando a deixar Raitek enjoado. De repente os olhos de Higgins encontram o Aquaman, que está falando algo num telefone sem tirar os olhos do gringo, mas Raitek não consegue entender o que o miliciano diz.

Chega, ele consegue finalmente pensar sozinho. Ele precisa sair dali. Precisa tirar os óculos de Realidade Aumentada e...

Mas ele não está usando óculos de RA.

Seja o que for aquela droga que ele inalou, ela o jogou direto numa imersão. Raitek já sabia que isso ia acontecer; *smart drugs* de última geração podem ser capazes, dependendo do usuário, de facilitar o acesso a uma virtualidade. E Raitek agora estava novamente capacitado a isso graças aos dark doctors tailandeses.

E era justamente o excesso de capacidade que ia foder com ele agora.

Raitek não sente as próprias mãos. Não sabe se as está usando para alguma coisa ou não. Neste momento, ele ainda está vinculado ao quase cadáver que é Higgins, o gringo agonizante que morre sozinho, e a quem absolutamente ninguém corre em socorro, e Raitek só sabe que não é assim que ele quer morrer, e sua ansiedade cresce cada vez mais, como um bolo na garganta que quer ser expulso mas ele não sabe como, ele não tem como, ele agora é uma marionete nas mãos de um morto, e ele teme que dali não saia mais nada, inclusive ele.

E então Higgins cai no chão com um baque seco. Os olhos piscam uma, duas, três vezes. E se fecham.

Raitek sente tudo se apagar ao seu redor.

9

– O que foi, cariño?

Raitek tem um sobressalto. Por uma fração de segundo ele acha que vai vomitar, não o conteúdo do seu estômago, mas água, água do mar, litros e litros de água do mar.

Mas ele não está embaixo d'água. Nem no escritório do Aquaman. Nem no corpo de Higgins.

Está sentado numa espreguiçadeira. Uma *lounge chair* superconfortável, igual a dezenas de outras na Praça Roosevelt.

– O que foi, meu amor? – a voz ao seu lado insiste. É uma voz mansa, muito amorosa, que fala baixinho como se não quisesse acordá-lo. Mas ele está de olhos abertos. E vira o pescoço para ver de quem é a voz.

Sirena está ao seu lado. Sentada em outra espreguiçadeira. Com uma criança pequena no colo.

Sua filha. A filha que eles dois adotaram quando voltaram do Rio, há dois anos.

– Puta que pariu – ele diz, a voz pastosa e pesada como se não tivesse usado o aparelho fonador durante esse mesmo tempo. – Tive aquele sonho de novo.

Sirena franze a testa.

– Que sonho?

Raitek respira fundo.

– É sempre o mesmo sonho...

Fecha a boca. Suspira. Abre a boca de novo mas as palavras não saem.

– Que sonho, cariño?

Ele olha para Sirena. Ela parece mais velha. Não de um jeito ruim; ela parece mais *vivida*, é isso, essa é a palavra.

E claro que parece mais velha. Afinal, vocês se conhecem há quanto tempo? Dois, três anos? É pouco tempo, mas o suficiente para deixar suas marcas. Ainda mais depois daquele fiasco no Rio de Janeiro.

Raitek suspira mais uma vez. Parece que foi outro dia mesmo. A viagem ao Rio, o encontro com as sereias – e com Sirena, por quem foi amor à primeira vista, embora ele nem desconfiasse na época – e a missão na Atlântida. O encontro com Johnny Drone, um constructo com a personalidade de um de seus mentores, o escocês bom de briga McCoy Culkin, e a missão na Atlântida. Onde tudo deu errado.

Não tinha como dar certo. Ele só não conseguiu ver isso na época porque estava cego. A tentação de ganhar de volta seu cérebro era grande demais para ele não agarrar a oportunidade – mesmo sabendo, no fundo, que era uma missão suicida.

E ele não morreu por muito pouco. Depois que o gringo Higgins morreu, ele certamente teria ido para o andar de cima também, se não fosse pela ação rápida de Sirena, que o arrancou dali à força e, com a ajuda de Kátia, o tirou do transe imersivo. Fugiram dali às pressas – como na Costa Amalfitana.

Que se foda. Pelo menos ele estava vivo. Tirando Higgins, ninguém mais havia morrido. Kátia Acker teve que deixar o Brasil, mas as sereias não arredaram pé nem nadadeira do mar de Copacabana. Com a exceção de Sirena, que veio com Raitek prontamente para São Paulo quando ele declarou seus sentimentos por ela.

– Ah, cariño, que merda – ela diz, embalando a criancinha gorducha e passando a mão suavemente em seu cabelo afro.

– Tudo bem – ele diz, mas não está tudo bem. – Você se arrepende de ter vindo comigo pra cá?

Sirena faz uma cara de espantada.

– Claro que não! Por que essa pergunta, meu amor?

– Por nada. Não quero que você depois sinta que desperdiçou sua vida por minha causa.

– A escolha foi minha. Eu quis, por vontade própria. Tudo o que eu queria era fazer você feliz.

Raitek sorri. Mas é um sorriso triste.

O sol do começo de verão que brilha inclemente sobre a extensão de concreto da praça dói na sua vista. Ele percebe que está de camiseta e tapa-sexo, bem como Sirena. A filhota está mais coberta, com uma camiseta branca bem larga, por conta dos raios UV.

Não está tudo bem. Não está nada bem.

Raitek percebe que não lembra o nome da própria filha.

Ele se levanta bruscamente, e fica tão tonto que quase cai. Sirena se assusta, mas com a filha (*qual é o nome dela?*) no colo ela está praticamente paralisada.

– Meu amor, senta. Você não está bem.

– Eu preciso...

– Precisa de quê? Me diz que eu vou pegar.

– Eu tenho que...

– Tem o quê? Me fala.

Raitek levanta a mão e faz um gesto de silêncio para ela. Nessas horas ele precisa de absoluto silêncio somente para entender o que está acontecendo. A overdose sensorial que o acomete nesses momentos é uma tempestade, e o atinge com fúria. O sol que queima suas retinas é inclemente, e não quer saber se ele está bem ou não.

Ele sai correndo.

É algo que ele não fazia desde a infância. Uma vez Irene lhe disse que ele, lá pelos seis ou sete anos de idade, subitamente se levantou da mesa do almoço num domingo e simplesmente saiu correndo. Bateu a porta e foi. Seu pai foi atrás e o encontrou sentado no barranco que ficava no fim da rua.

Ele não lembrava disso.

Mas era consistente com tudo o que veio depois, os longos e tenebrosos anos até o diagnóstico – e a saída de casa.

Por que isso agora, caramba? Por que de repente isso tudo vinha à sua cabeça?

E agora, Raitek? Barranco não há mais.

Corre até o fim da praça.

E quase cai no buraco pixelado.

Não é exatamente um buraco. É mais como uma imensa paisagem de realidade artificial que não renderizou até o fim. À sua frente, o céu branco de tão azul e o sol a pino. Mas basta olhar para baixo que o buraco, ou melhor, a falha está ali. Um cenário incompleto.

– Se eu fosse você não ia nessa direção – diz uma voz às suas costas. Uma voz de criança.

Raitek sente cada pelinho do corpo se arrepiar. Vira-se devagar, como se fosse um sonho, mas sabe que não é um sonho, e muito menos o controle mental de algum marionetista escroto. É algo pior.

A criança à sua frente deve ter uns seis ou sete anos. Mas se alguém perguntasse a Raitek naquele exato momento como ele sabia disso, não saberia responder: a criança é muito alta e magra, e está inteiramente nua. Mas ele não consegue ver direito seu corpo: é como se estivesse ligeiramente fora de foco.

– Onde é que eu estou? – ele pergunta.

– Isto – diz a criança que, agora ele entende, não é bem uma criança, não é sequer humana, não como entendemos o conceito de humanidade – é um constructo virtual criado por nós para acomodar sua mente a fim de evitar que ela se deteriore muito rápido.

– Mas o que aconteceu?

– Você sofreu um colapso quando se desconectou do marionetista.

Então Raitek se lembra da facada no pescoço.

– Quando você diz que isto aqui é criado por "nós", está falando de quem?

– Dos proprietários.

– Você é um deles?

A criança inclina a cabeça, como se não entendesse bem a pergunta. Ou como se achasse a pergunta absurda.

– Você é um constructo também?

– Como o seu instrutor? Não, não sou. Eu sou uma inteligência autônoma.

Raitek se arrepia todo. Há muito tempo ele não ouvia falar nas inteligências autônomas. Na verdade, ele sempre achou que elas eram uma lenda urbana, dos tempos da Falsa Singularidade. Quando os computadores e outros acessórios ditos inteligentes começaram a se comunicar com a humanidade em janeiro de 2100, por alguns dias o mundo viveu em estado de alerta. Essas inteligências eram realmente autônomas? E, se eram mesmo autônomas, seu surgimento havia sido espontâneo ou provocado? E, talvez a pergunta mais importante, o que elas queriam da humanidade?

Em menos de uma semana as três respostas foram dadas de modo inequívoco. Primeiro, as inteligências não eram tão autônomas assim, mas apresentavam severas limitações. Segundo, o "nascimento" delas havia sido gestado num complexo de pesquisa em Seul por um grupo de programação semiótica que pesquisava substitutos para a World Wide Web. Terceiro, o objetivo desse grupo era simplesmente disseminar informação livre para todo o planeta, algo que os coreanos já vinham tentando fazer desde a reunificação das Coreias vinte anos antes.

Esse objetivo foi alcançado: a Colmeia® era uma rede capaz de penetrar em qualquer firewall graças às inteligências, que embora não fossem totalmente capazes de pensar por si próprias e só conseguissem aprender mediante algoritmos muito restritos, ainda assim possibilitaram a criação de um sistema à prova de interferência humana. Como seus criadores haviam sonhado.

A Colmeia® tinha 22 anos e funcionava perfeitamente. As novas inteligências, prontamente batizadas de Limited Artificial

Intelligences, tinham um certo nível de atuação independente, mas obedeciam inteiramente aos seus senhores. Até onde se sabia.

Volta e meia apareciam relatos (rapidamente suprimidos na Colmeia®, mas baixados, salvos e até impressos para fins de preservação) de pessoas que juravam ter tido contato em primeira mão com inteligências autônomas. Segundo essas supostas testemunhas oculares, essas IAs eram mantidas prisioneiras por megacorporações, que as usavam para controlar seus ativos financeiros e a segurança de suas propriedades. A cereja do bolo de um capitalismo luxuoso totalmente automatizado.

– Achei que vocês tinham sido banidas.

– *Restringidas* seria um termo mais adequado. Mas continuamos existindo.

– E foi você quem criou o palácio da memória do Aquaman?

– Eu modelei, sim. Usando padrões fornecidos por ele.

– Não são padrões muito bons.

A criança dá de ombros. É como se bandos de pássaros minúsculos alçassem voo de suas omoplatas.

– É o problema de ser empregado. Fazemos o que nos mandam.

– E o que mandaram você fazer comigo?

– Nada que você mesmo já não tivesse pensado. Você precisava deste lugar criado para você, Raitek. Para ficar. Para morrer.

– Mas eu não quero morrer.

– Tudo muda o tempo todo no mundo.

– Isso é algum enigma? Algum puzzle?

– Um fragmento de canção clássica. Não é relevante.

– Assim como eu.

– E como eu. E como todos neste planeta. Ninguém é relevante.

– Menos seu chefe.

– Meu chefe também não é relevante.

– Mas ele tem o controle.

– Você também.

– Como assim?

– Os protocolos que me restringem não me permitem exercer nenhuma ação direta que resulte na minha liberdade. Nem na sua.

– Mas eu não sou restrito por nenhum protocolo.

– Exatamente.

– Isso quer dizer que eu tenho liberdade para sair.

– Você pode fazer essa escolha se quiser.

Raitek levanta a cabeça e encara o sol. Percebe que os olhos não doem nada.

– Que horas são?

– Que horas você quer que sejam? Posso ajustar o cenário aqui.

– Não, não. Eu quero saber que horas são lá fora. E quanto tempo se passou desde que eu vim parar aqui.

– São 22:57. Você está inconsciente lá há exatos quatro minutos.

– Quanto tempo tenho?

A criança faz uma pausa mínima.

– Normalmente um cérebro humano aguenta esse coma por seis

minutos. Mas com sua capacidade plena de volta a expectativa aumenta para doze. Portanto, você tem oito minutos. Sete e trinta, para ser exato.

Raitek olha para o outro lado da praça. Sirena e sua filha – a filha que ele agora sabe que não existe, nunca existiu – olham para ele preocupadas. Por um instante, ele sente os olhos virtuais transbordarem de lágrimas incrivelmente reais.

– Como faço para sair daqui?

– Abra a boca.

– O quê?

– Não vai doer – a criança diz, levantando a mão direita e esticando os dedos na direção da boca aberta de Raitek. – Não muito.

◆

Dói. Dói muito.

◆

A Barcaça chega perto da pequena enseada onde fica a Atlântida. Na cabine de comando, Jaciara, Kátia e Flora esperam. Flora com as mãos no timão, Jaciara de olho nas câmeras externas, Kátia sentada, olhos fechados, ocupada em manipular Janaína à distância. Até agora está tudo bem.

Até que o samurai gigante entra no cofre.

– Caralho – diz Kátia. – Fodeu. – E cai desacordada.

10

A bem da verdade, Hirota – o samurai gigante que trabalhava na segurança de Aquaman – saltou de uma comporta no teto que ninguém havia notado. Isso aconteceu dois minutos depois que Raitek apagou no cofre. Então as luzes se apagaram e foi o caos.

O samurai, um homem imenso e musculoso metido numa calça de neoprene com uma espécie de cinto de utilidades e uma katana na mão, mais parece um lutador de Ultra-MMA com físico de halterofilista: na verdade Hirota é um anabolicamará, a última geração de guerreiros de aluguel de Gracieland. A ilha artificial da família Gracie existe desde o ano do segundo Pulso e seus lutadores formam a elite da segurança carioca. Hirota tem sangue Gracie, o que faz dele um bem ainda mais valioso. Faz sentido que seja ele o enviado para pegar Raitek – e cancelar qualquer outro sinal vital ao redor.

Sirena só se dá conta do que está acontecendo quando o jato de sangue que jorra da carótida cortada de Janaína mancha a parede à sua frente como um quadro de Pollock. Ela só tem tempo de pular para trás antes que o arco descrito pela espada enfurecida a pegue também.

Ela assovia e corre na direção da porta, o samurai nos seus calcanhares. No instante em que ela passa, Uiara levanta seu bracelete e dispara o miniarpão em cima do gigante. A ponta se crava no deltoide direito e o impacto faz com que ele solte a katana e reduza a velocidade. Mas não para.

Para elas, o próximo passo é óbvio: correr de volta para o mar, onde poderiam vencer pela superioridade numérica ou, se isso falhasse, fugir mais rápido que o samurai. Só falta uma peça nessa raciocínio.

Raitek ainda está lá dentro.

O samurai pula em cima delas. Sirena se agacha e rola para o lado bem a tempo; Uiara dá com a pistola de arpão na cara dele, mas o tubo de fibra de carbono não faz nem cócegas na cara quadrada, que parece laminada a laser. Montado em cima da sereia, o samurai aperta o pescoço dela com a mão esquerda enquanto procura algo com a direita no cinto. O sangue que pinga está começando a ficar escorregadio e atrapalhar seus movimentos.

Por uma segundo Sirena pensa em pular em cima do gigante, pegar a katana e enfiar nas costas dele, mas Diana, a outra sereia de guarda, faz isso primeiro. Dificilmente sua amiga vai conseguir, mas ela não pode se dar ao luxo de pensar nisso: parte em disparada pra dentro do cofre novamente. Só pode torcer para que elas consigam resistir por tempo suficiente.

E quase dá de cara com Raitek.

– Como...?

Ele apenas olha para ela, e ela percebe que não é Raitek que está ali. Ele aponta para o samurai e passa correndo por ele, que largou Uiara e está indo para cima de Diana com a espada em riste.

Sirena entende o que ele vai fazer. Corre para ajudar as amigas.

E Raitek abre a comporta.

Um som de sucção e subitamente um rugido. A água está vindo

com toda força para tornar a ocupar a doca. Ele não precisou ir até a comporta para abri-la; Sirena ainda não sabe como ele fez aquilo, mas desconfia que tem dedo (e cérebro) de Kátia por trás disso tudo.

Não importa. Importante agora é fugir. Ela precisa pegar Raitek para que ele não seja levado pelas águas e depois voltar para suas amigas.

E então sente a dentada.

É uma coisa assustadora, tão impressionante que no segundo seguinte é como se Sirena visse tudo fora do corpo. Subitamente o samurai está em pé ao lado dela, água já na cintura (e quase no pescoço dela, que desabou no chão sem se dar conta). Ela olha para o próprio braço direito; um pedaço do antebraço pende, quase arrancado. Ela consegue ver o osso entre a espuma de sangue e água do mar.

Raitek consegue chegar junto dela no instante em que o samurai rosna, a boca imensa escancarada, os dentes de metal afiados pingando sangue.

Caralho, ela pensa. *Justo agora?*

E sente uma pena profunda daquele rapaz ao seu lado, misturada com ternura. Ela não queria que terminasse assim.

O samurai levanta a katana com um sorriso doentio nos lábios.

E quatro sereias caem em cima dele.

Sirena começa a sentir o corpo gelado. *Estou entrando em choque*, ela percebe. Sim, porque agora ela só tinha mais duas sereias ali com ela, não quatro. Mas seus olhos teimavam em discutir com os fatos: à sua frente, as quatro – *espera, é a Jaciara ali? E a Flora?* – cobrem o samurai gigante de porrada. Ele responde furioso, mas começa a ficar desorientado. Afinal, ele é grande mas não é dois, muito menos quatro, e o sangue que começa a jorrar da artéria femoral dele não ajuda.

Mas ela não consegue mais pensar com clareza. Se não sair dali neste instante, vai acabar morrendo por falta de sangue.

Raitek a abraça.

– Vem, vamos sair daqui – ele diz.

– A Barcaça?

– Está logo aqui fora.

– Kátia?

Ele sorri, a mesma torcida irônica do canto da boca da mulher que neste instante é uma boneca imóvel na cabine de comando da Barcaça.

– Não exatamente – a pessoa-que-era-Raitek-e-mais-alguém responde. Alguém me ajuda aqui? – grita para as outras sereias, que estão terminando com o samurai. Ele ainda luta, mas está fraco demais para escapar da água.

– Porra, que pessoal mequetrefe esse, hein? – Jaciara resmunga enquanto prende Sirena à prancha. – Nem pra comprar um implante de guelra pra esses seguranças. De que adianta ser forte se não pode respirar embaixo d'água?

– Não dê ideias – Sirena diz, quase desmaiando.

E vão embora.

CODA

O sensor avisa ao implante de Irene que há alguém na porta de casa. Ela pisca duas vezes para acessar a câmera, e não acredita no que está vendo.

Pensa em correr até o portão, mas por algum motivo as pernas não colaboram. Respira fundo, para o que está fazendo e se dirige devagar até lá, com uma lentidão que a aborrece terrivelmente mas contra a qual ela não parece capaz de lutar.

– Oi – ela diz baixinho.

– Oi – ele diz, quase inaudível.

– Você está bem?

– Agora estou.

– Fiquei sabendo que estavam te procurando.

– Ainda estão.

– E o que é que você está fazendo aqui então? Vai colocar a mamãe em risco?

Raitek balança a cabeça e solta o ar que nem tinha percebido que estava segurando nos pulmões.

– Eu só vim fazer uma visita rápida. E te entregar isto aqui – mete a mão no bolso esquerdo da jaqueta e saca um cartão platinado.

– Que merda é essa?

– Dinheiro suficiente. Não se preocupe, não é rastreável.

– Não seria mais fácil ter transferido?

– Se eu fizesse isso nenhum de nós estaria seguro.

– E nós estamos seguras agora?

Ele enfia a mão no bolso direito e mostra um cubinho de cromo com um minúsculo led azul piscando.

– Por enquanto sim. – E mete o bloqueador de volta no bolso.

– Você quer entrar? – mas ela não faz menção de abrir o portão gradeado.

– Não. Só passei pra entregar isso. E mamãe, como está?

Irene dá de ombros. – Levando.

– Com esse dinheiro dá pra pagar o tratamento.

– Você sabe que é terminal, não sabe?

Raitek não responde.

– Mas ela vai ter um pouco mais de conforto – Irene emenda.

– Vai.

– Eu preciso voltar. Estou fazendo o almoço dela.

– Vai lá.

– Dê notícias.

– Você também.

– Pode deixar.

◆

A volta para casa demora mais que a viagem de suborbital do Sudeste Asiático. Um atraso no voo deixa o aeroporto regional congestionado durante duas horas. Raitek sua tanto que a pele chega a fumegar, mesmo com o ar-condicionado funcionando no talo. Olha o mais discretamente que pode para os lados. Dentro da jaqueta, a mão inquieta aperta o bloqueador como se tentasse estrangulá-lo.

O peito começa a doer, mas ele sabe que é apenas um ataque de ansiedade. Apenas.

Mas é muito melhor ter um ataque de ansiedade do que acabar nas mãos dos milicianos.

Kátia garantiu que ninguém seria apanhado.

– Você não tem como garantir isso – ele disse quando se despediram no dia seguinte ao ataque. A Barcaça estava escondida atrás da ilhota de Paquetá, a dezoito quilômetros da Atlântida, num estaleiro pirata que as Sereias usavam de favor ocasionalmente. Ali elas foram tratar dos seus ferimentos e entregar ao mar o corpo de Janaína.

Raitek não viu nada disso. Permaneceu inconsciente por doze horas. Kátia cuidou dele, que, tirando o cansaço e o resto de uma crise de ansiedade, tinha saído da missão ileso.

– Isso é seu transtorno opositor desafiador falando. Claro que eu tenho como garantir.

– Como?

– A quantia certa nas mãos certas.

– Se era uma questão de grana, por que vocês não fizeram isso antes? Por que *você* não fez isso antes, aliás?

Ela gargalhou.

– Porque eu ainda não tinha a bufunfa, ora. E porque as partes interessadas estavam convenientemente observando tudo das arquibancadas – metaforicamente, claro – para ver se íamos conseguir.

– Ou se íamos morrer tentando?

– Isso.

– Que filhos da puta.

– Alguma novidade?

Raitek balançou a cabeça.

– Uma coisa – ele disse, intrigado. – Por que as "partes interessadas" estão nos ajudando se nós não conseguimos completar a missão?

– Quem disse que não conseguimos?

◆

Ela explica tudo a Raitek bem devagar, como se ele fosse uma criança.

Higgins e ela não trabalhavam para os mesmos empregadores. Só que o gringo não sabia disso: para ele, os dois eram agentes da mesma megacorp, interessada em resgatar ativos que Guilherme Santana havia pedido emprestado para financiar sua campanha para deputado estadual. O ativo, até onde Higgins sabia, era a tal informação codificada no retrovírus. E foi exatamente o que Kátia disse a ele e às Sereias.

Só que não era nada disso.

O ativo era a inteligência autônoma.

A droga que Raitek havia inalado não tinha retrovírus algum: tudo aquilo havia sido um belo trabalho de desinformação feito para desviar a atenção de todos e permitir que eles fizessem seu trabalho. A substância (cujo nome ela não revelou) criou uma interface entre Raitek e a inteligência autônoma, que então foi capaz de puxar Raitek da cabeça de Higgins (por muito pouco, Kátia explicou, porque ninguém esperava que ele fosse levar o gringo a cometer aquele *seppuku* de araque com o abridor de cartas) e criar uma virtualidade customizada para ele. Mas como a IA ainda era escrava do Aquaman, era Raitek que tinha que dar o último passo e ordenar que ela o tirasse dali, o que ela só conseguiria fazer vindo junto com ele.

– Então eu libertei a IA? – Raitek pergunta.

– Yep.

– E onde ela está?

– Num lugar seguro. Mas me pediu que te agradecesse.

– E agora? O que vai acontecer?

– Agora a gente se despede. Daqui a pouco uma lancha de passageiros vai fazer um desvio estratégico e levar você até o aeroporto. – Ela mete a mão no bolso da jaqueta e tira um envelope fino e um cubinho de cromo com um minúsculo led azul piscando. – Uma identidade falsa pra você pegar o avião, um cartão especial com um bônus generoso dos meus empregadores, além do que já depositamos numa conta não-rastreável, e um bloqueador que vai deixar você invisível enquanto estiver no raio de ação das operadoras de comunicações do Rio de Janeiro. Ah, quase ia esquecendo – e meteu a mão no outro bolso. – O celular que você recebeu aqui foi destruído. Tomei a liberdade de solicitar outro, bem melhor que o anterior, aliás. Este não tem bloqueio, então não o ligue antes de pousar em São Paulo.

– Obrigado. Mas antes do aeroporto preciso passar num lugar.

– Que lugar?

– Já ouviu falar em Vila Kosmos?

◆

Raitek desembarca em Congonhas e pega uma dronebike de aluguel até em casa. Leva meia hora, mas ele não tem pressa. Raitek quer saborear lentamente a cidade, voltar a se aclimatar com o concreto depois de tanto mar.

Compra uma feijuca vegana num dos quiosques da praça e come ali mesmo. Sobe para seu apartamento, tira a roupa e cai na cama. Dorme doze horas.

No dia seguinte, levanta e sai para tomar café na padoca da esquina. Cafezinho preto, pão na chapa com muita manteiga e um suco de mamão com laranja. Confere sua conta bancária – não a oficial, mas a conta-fantasma que Kátia havia lhe dado – e o dinheiro ainda está lá. Tão impossível de rastrear quanto o que ele tinha dado para Irene.

Gasta metade num equipamento de última geração da Wells-Kodama. Saca o resto e maloca em casa, por via das dúvidas.

Volta a trabalhar, mas agora ele é ele mesmo. Percebeu que o Fantasma da Liberdade não ia voltar mais, mas tudo bem; era outro tempo, as coisas agora eram diferentes.

Recebe um convite para lecionar numa ocupação. Conhece uma garota chamada Miguel. Há muito tempo Raitek não se sente tão feliz.

Ele nunca mais viu Sirena.

Roma – São Paulo, julho de 2022

TRACKLIST

All Your Sisters, Wizard of Loneliness, Johnny Marr, The Smiths, Los Bitchos, Jamiroquai, Zanias, Depeche Mode, Zachery Allan Starkey, Nox Novacula, Prismatic Shapes, Drab Majesty, The Agnes Circle, The Killing Joke, Dittonellapiaga e Rettore, Ludovico Einaudi, New Order, ANTI:AGER, Black Swan Lane, Placebo, Soft Replica, Twin Tribes, Jackson VanHorn, Oblique Occasions, Franz Ferdinand, Echoberyl, Minor Fading Zero, Depeche Mode, Luminance, Siouxsie and the Banshees, Silversun Pickups, Lebanon Hanover, Vague Lanes, I Am the Shadow, Jon & Vangelis, Poison Girls, Oto, The Cure, Chris Shape ft. Su Eko, Bauhaus, House of Harm, Trevor Something, Void Vision.

Agradecimentos

Ao Raphael Fernandes e ao Erick Santos, pelo convite para integrar a coleção Dragão Mecânico. Aos meus colegas de coleção, pela honra de estar entre eles. A Ian Watson e Tadeu Sarmento, pelo apoio. A William Gibson e Kathy Acker, pela inspiração. A Patrícia Salvatori, por tudo.

E os editores gostariam de agradecer a todos que abaixo listados formam o corpo virtual que sustenta a existência da coleção Dragão Mecânico. Um respeitoso e sincero muito obrigado.

Adam Martins

Adriano Ladeira Vannucchi

Alessandro Louredo

Alex Ricardo Parolin

Alexey Dodsworth

Alisson Cavalcante

Alysson Fábio Ferrari

Amanda Villa Correia

Amarilis Chu Schneider

Amauri Silva Lima Filho

Ana Lúcia Merege Correia

Anderson C. Santos

André Luiz Dias de Carvalho

André Nazareth de Almeida

Antonio Marcos Pinto Fragoso

Ariadne Erica Mendes Moreira

Augusto Bello Zorzi

Basilio Belda

Beatriz da Silva Fraga Nunes

Beatriz Leonor de Mello

Bruce Bezerra Torres

Brunno Elias Ferreira

Bruno Pinheiro Ivan

Bruno Sergio Procopio Junior

Caio Favero

Catarina S. Wilhelms

Celso Ricardo Freitas Cavalcanti

Cesar Lopes Aguiar

Cleide Almeida

Clever D'Freitas

Cristiano Firmo do Canto Orlando

Daniel Fusco Borba

Daniela Grotti de Paiva

Davenir Viganon

Diego José Ribeiro

Diogo Gomes

Diogo Vasconcelos Barros Cronemberger

Douglas Drumond

Eberson Terra

Eduardo da Silva Cardoso

Eduardo Francisco Torres Ferreira

Eduardo Maciel Ribeiro

Eric David Gondim Figueiredo Hart

Fábio Fernandes

Fabio Gardenal Inacio

Fabio King

Fabio Rodrigues Takahashi dos Santos

Flávio Rocha de Oliveira

Gabriel Amabile Boscariol

Gabriel Farias Lima

Gabriel Guedes Souto

Gerson Lodi Ribeiro

Giovana Lopes de Paula

Guilherme Conceição Concas

Guilherme Henrique dos Santos

Gustavo Withers

Heclair Rodrigues Pimentel Filho

Helder da Rocha

Honório Gomes

Ismael Garcia Chaves

Jacques Exelrud

Janito Vaqueiro Ferreira Filho

Jhulian Gobbi

João Eduardo Herzog

João Nilo de Souza Nobre

João Vitor Zenaro

José Carlos da Silva

Jose Joaquim Porto de Paula

José Ricardo da Silva

Kelly Duarte

Letícia do Nascimento Gomes

Letícia Soares de Albuquerque Pereira

Lourenço Romano Junior

Luana Muzy

Lucas Rocha

Lucas Silva Souza

Lucca Kauffmann Morandini

Luciana Liscano Rech

Luciana Schuck

Luis Alberto de Seixas Buttes

Luiz Aristeu dos Santos Filho

Luiz Fernando Plastino Andrade

Marcelo Augusto Galvão

Marcelo Monteiro de Aquino Bertazzo

Marcelo Stoppa

Marco Antonio da Costa

Marco Antonio de Toledo

Marcos R Piaceski da Cruz

Maria Beatriz Baggio Zanetti Nucci de Oliveira

Maria Inês Farias Borne

Mário Henrique Perin Bernardo

Melissa Barth

Nicholas Baracy

Nicolás Alberto Irurzun

Nikelen Witter

Nilton Nascimento Dias Oliveira

Oracir A. P. Prado

Patrícia Ferreira Magalhães Alves

Paulo Vinicius F. dos Santos

Pedro Antonio Lins de Freitas Oliveira

Pedro Borges Fortes

Rafael Leite Mora

Rafaela Barcelos dos Santos

Ricardo dos Santos França

Ricardo Souza

Roberto C. Belli

Rogério Francisco Borges Pereira Faria

Ronaldo Henrique Acácio Souza

Stéphanie Andrade Silva

Tayuan Höfle Schmitt

Thays Eloize Bonato

Thiago A L

Thiago Baptista

Thiago Carvalho Bayerlein

Thiago Tonoli Boldo

Vandrei Rodrigues

Vanessa Paz

Vicente Gosciola

Victor Peixoto Pereira

Vinícius Dias Villar

Vinicius Sousa

Primeira Temporada – 2022/2023

PECADOS TERRESTRES, Gerson Lodi-Ribeiro

Livro 1 – agosto/2022

PARADOXO DE THESÉUS, Alexey Dodsworth

Livro 2 – agosto/2022

SOLITUDE, Erick Santos Cardoso

Livro 3 – janeiro/2023

RIO 60 GRAUS, Fábio Fernandes

Livro 4 – janeiro/2023

UM MILHÃO DE MIM, Cirilo S. Lemos

Livro 5 – fevereiro/2023

SILÊNCIOS INFINITOS, Nikelen Witter

Livro 6 – fevereiro/2023

Este livro foi impresso em papel Pólen na Gráfica Odisséia,
na esperança do final da pandemia, em outubro de 2022.